DR. STK.

Spoonbread Restaurants
MENU

- Cofe — — 60
- Milk — — 30
- Tea — — 45
- Soda — — 50
- Pizza — — 85

Dozens of myself, or a lush tree,/Through the coffee bubble I could see./Keeling on the ground,/A lady beside which,/Helped her daughter put on her shoes./Inverted image of coffee,/~~A reflection of philosophy,/To you,/A pure you.~~

我在咖啡里的气泡里看到好几个我
有时也会看到一棵大树
旁边是一位少妇 单腿跪在地上 为女儿穿鞋
对于干净的你
咖啡的倒影本身就是一种
哲学

力比多记

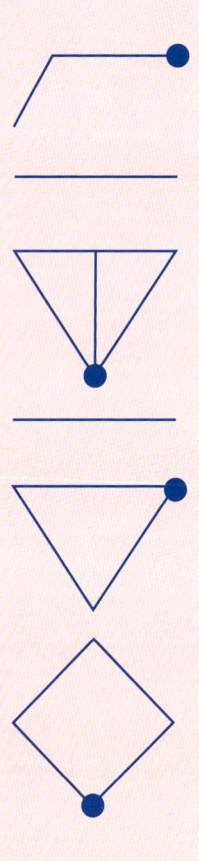

杨昌溢@飞机的坏品位 著

"如果你的作品不是自传性的，那就是剽窃。"

——佩德罗·阿尔莫多瓦

序言 / PREFACE

这是一本将我的私人书架、唱片柜、床头笔记公布于众的书，灵感也许来自一部电影，也可能是晨间的一则新闻，一个小道消息或一件艺术品……卡尔维诺曾说："我们每一个人，如果不是各种经验、资讯、读过的书，所想象过的事物等等的复合体，又是什么呢？每个人的生活都是一部百科全书、一个图书馆、一份器物清单、一系列的风格。"

艺术 月亮 性欲 维纳斯

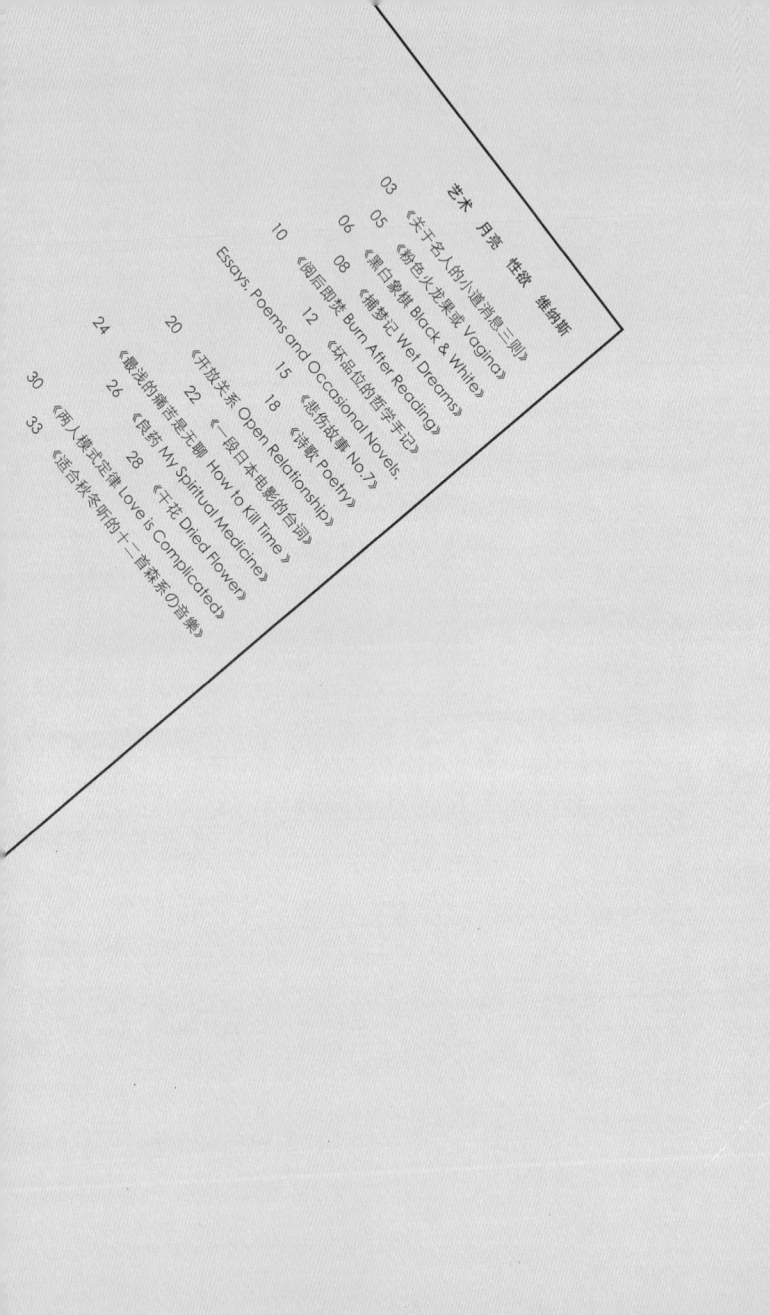

03 《关于名人的小道消息三则》
05 《粉色火龙果或 Vagina》
06 《黑白象棋 Black & White》
08 《捕梦记 Wet Dreams》
10 《阅后即焚 Burn After Reading》
12 《坏品位的哲学手记》
15 Essays, Poems and Occasional Novels.
18 《悲伤故事 No.7》
20 《诗歌 Poetry》
22 《开放关系 Open Relationship》
24 《一段日本电影的台词》
26 《最迷时情非走无聊 How to Kill Time》
28 《良药 My Spiritual Medicine》
30 《干花 Dried Flower》
33 《两人模式定律 Love is Complicated》
《适合秋冬听的十二首袂茶の音乐》

催情蘑菇 荷兰诗人 神秘主义
《1987》DVD / Book / Art / Sex / Love 39
《红酒刺客 Wine Killer》 40
《成人笔记 Notebook》 42
《坏品位时装笔记 Bad Taste Notebook》 44
《坏品位祸害?》 46
《父母皆祸害?》 48
《坏品位的话 No.1 A Whisper》 51
《欢迎光临 Bad Taste Store 请随意挑选》
《坏品位の艺术电影观察笔记》 55
《墓场是最便宜的夜宿地》 57
《坏品位生活指南 / 关于当代新媒体下的年轻人生活方式记录 New Life》 58
《三月 March》 61
《最好的旅伴 The Best Travel Companion》 62
《挪威室内爵士唱片 Piano Jazz》 65
《放在啤酒店毛巾上的硬币》 66
《GOD 翻过来就是 DOG》 68
《日记: 关于无法超越的莫奈与欧·亨利》 70
《只有艺术能分散我的性欲》 73

CONTENTS 目录

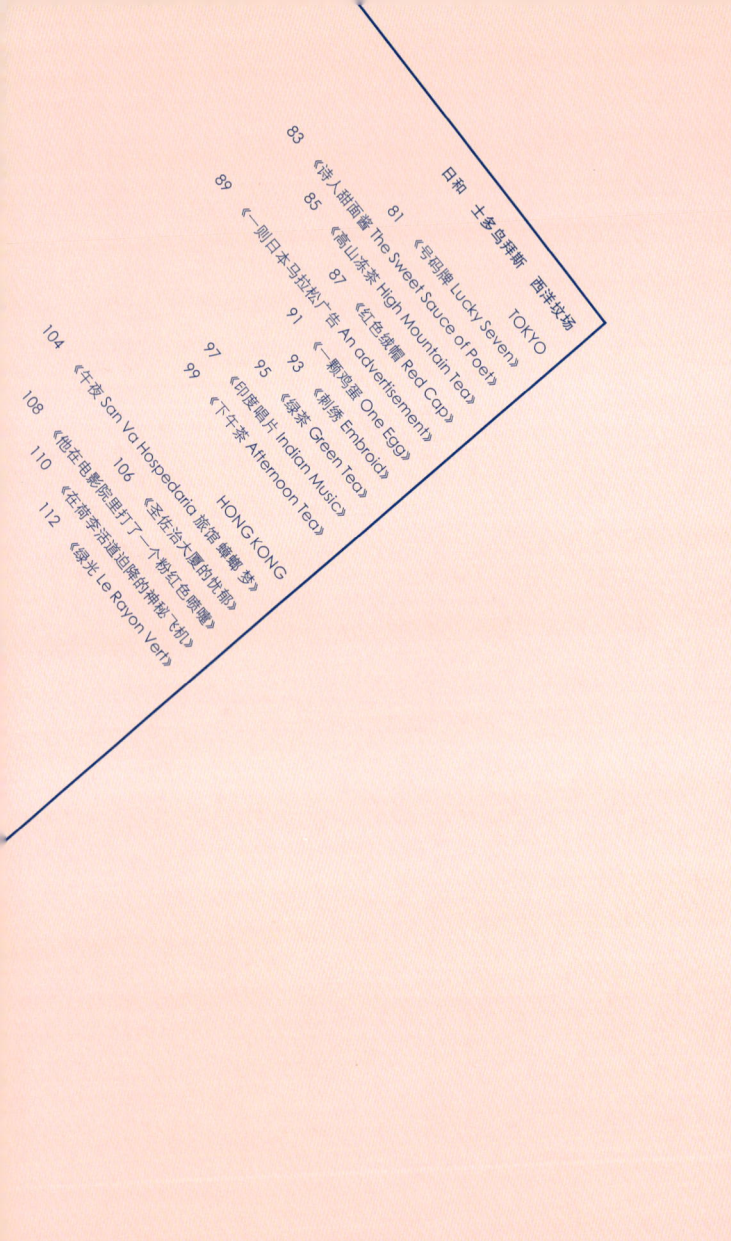

日和 士多鸟拜斯 西洋波场 TOKYO

- 81 《号码牌 Lucky Seven》
- 83 《诗人猫面鹫 The Sweet Sauce of Poet》
- 85 《高山冻茶 High Mountain Tea》
- 87 《红色鸭嘴 Red Cap》
- 89 《一则日本马拉松广告 An advertisement》
- 91 《一颗鸡蛋 One Egg》
- 93 《刺绣 Embroid》
- 95 《绿茶 Green Tea》
- 97 《印度唱片 Indian Music》
- 99 《下午茶 Afternoon Tea》

HONG KONG

- 104 《午夜 San Va Hospedaria 旅馆 噩梦》
- 106 《圣佐治大厦的枕头》
- 108 《他在电影院里打了一个粉红色喷嚏》
- 110 《在荷李活道拉链的神秘飞机》
- 112 《绿光 Le Rayon Vert》

CONTENTS 目录

白鸽　梳妆台　智慧章节

《盐的代价 Carol》 120
《龙虾 The Lobster》 123
《开罗紫玫瑰 The Purple Rose of Cairo》 125
《当北野武遇见伍迪·艾伦》 127
《智慧章节 Art & Culture》 129
《关于 Colleen 的情绪延展 The Golden Morning Breaks》 130
《国王 蛇 断指 食人族 监狱 寓言 Fable》 133
《白日梦呓 Kyst》 135
《声名狼藉》 138
《房间》 140
《极简主义 Minimalism》 143
《虚拟展览 Idea Art》 145
《坏品位的话 No.3》 147
《坏品位的话 No.4》 147
《体验感 Experience》 148
《购书清单 + 简单的语言的法则 Shopping List+Words》 150
《论摄影》 153
《那年夏天，宁静的海 A Scene at the Sea》 154
《说吧！爱情》 157
《诗人之墓》 159
《所有疑问句都包含爱 All is Full of Love》 160
《诗人之死》 163
《语言 Words》 164
《床上促膝谈人生 Nobody is Perfect》 169
《这一页纸应该很沉 In Me the Tiger Sniffs the Rose》 170
《虚拟展览 No.2 Idea Art 2》 173

艺术　月亮

性欲　维纳斯

你的新家茶几上需要放的一本摄影集
Wolfgang Tillmans – "Still Life"

《关于名人的小道消息三则》

一 / 三岛由纪夫篇

三岛很喜欢去人多的地方,而且走路走马路中间,行人都分开让他走,横尾跟在一旁觉得蛮气派的但又有点害羞。有次和三岛去一家餐厅,结果进门之后食客都没注意到他俩,三岛就故意去柜台上打电话,大声说:"喂,我是三岛由纪夫!"食客都静静地看着他。

二 / 北野武篇

北野武说自己年少成名,买了一辆法拉利开上街,开了会觉得不过瘾,叫一个朋友在前面开,自己打辆车跟着,对的士司机说:"前面那辆车看到了吗?是我的。"

三 / 伍迪·艾伦篇

伍迪·艾伦说,人生可以分为"可怕"和"可悲"两种,"可怕"包括那些绝症病人、盲人、残疾人等等,而剩下的都是"可悲"的。因此你在度过这一生时应该感到庆幸,你是非常幸运才能成为"可悲"的人。

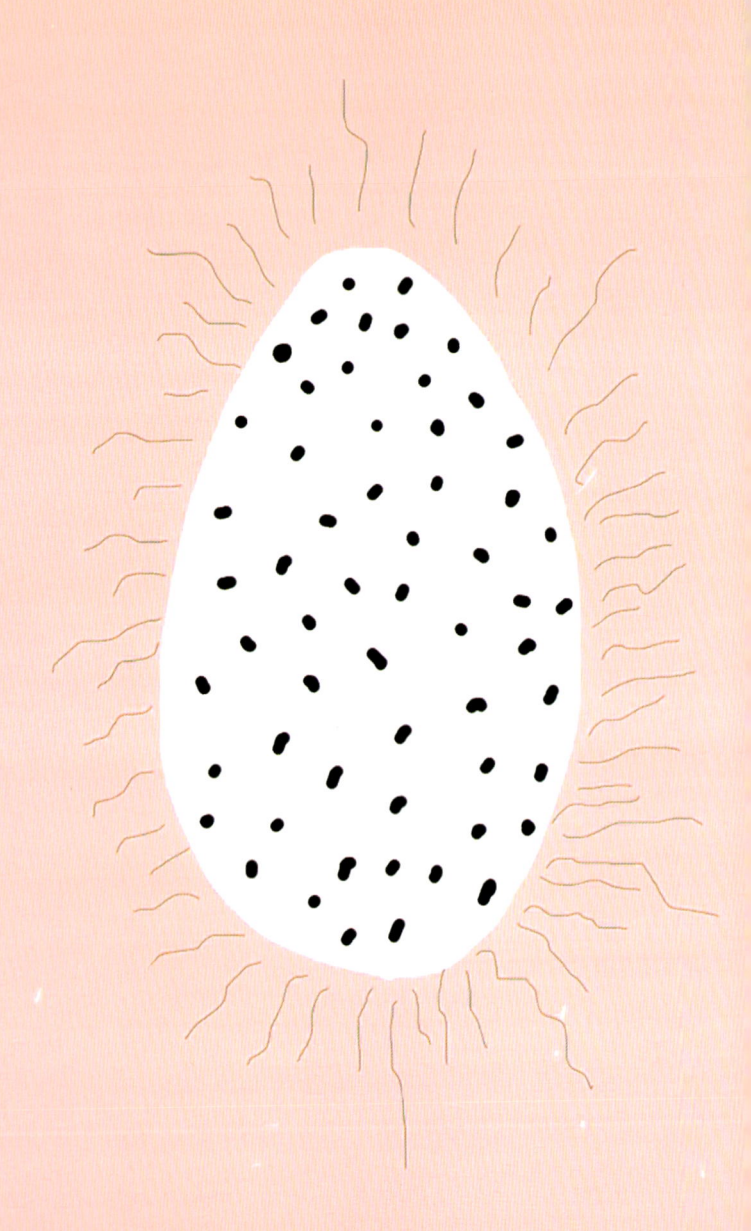

《粉色火龙果或 Vagina》

在纽西兰有一种工作，有一个人，下雨天，会搭直升机巡逻草原。他要找到那些倒在地上的羊，因为那些羊的毛在下雨天吸了太多水，会倒在地上起不来。他就要找到那些羊，然后一只一只的把它们扶起来，摇一摇，把它们身上的雨水抖掉……

　　我想这是份不错的工作。

在自家后院举办小型甚至适合独的专辑
"In a Tidal Wave of Mystery"

《黑白象棋 Black & White》

小野洋子有件艺术作品是，一副被刷成纯白色的国际象棋，没有黑色，只能依靠互信。当然，一件作品，每个人有不同的读解，你也可以从"没有输赢，世界大同"这个视角去读解。我不知道如果有一天世界真的没有输赢规则了，会是怎样？至少目前是有的，所以这件 RZA & Yoko 的即兴表演成了一张专辑，它是艺术品，是乌托邦，并不是现实。

我比较倾向于做一名"世界公民"，因为我以为这个世界上，任何地方都有善良的人与不善良的人，所以"国籍"只是我们出生的特定事实，是外部条件，但我也觉得，这个世界上任何一片土地，只要有善待你的人与环境，哪里都可以生活……

翻阅信件或读书看报时建议聆听的专辑
"A River Ain't Too Much to Love"
如果马上要出门了，请直接跳到这一首
"Running The Loping"

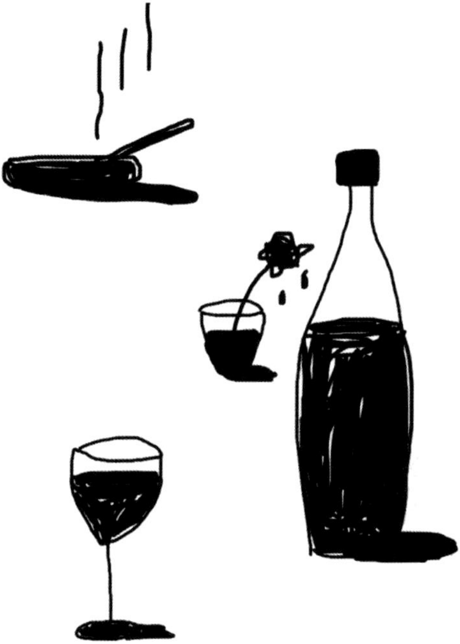

《捕梦记 Wet Dreams》

Stella Mcartney.

全部人都上车了,我说:"等一等,我的行李箱不见了……"一位女士陪我回到那间旅馆。当然,里面已经住了新的旅客,我小心翼翼地环顾四周,然后歇斯底里地在房间里寻找。最后在一个老式的组合柜上我看到那个橘黄色的行李箱……

手机摔在地上变成了一个方形屏幕,也变成以前诺基亚那种窄的了,屏幕中间出现了一个 McDonald's 的标志……

    我想把昨晚梦里的那张照片洗出来。

"当你在读弗洛伊德或任何一部超现实题材的小说时应该听的歌"
MOBY – "The Day〔Gesaffelstein Remix〕"

《阅后即焚 Burn After Reading》

1/ 人一旦处于幸福状态就会不自觉地骄傲，完全忘记之前无人问津落魄时的焦虑感。

2/ 请永远记住，面对一个不喜欢你的人，你的每一次爱的表达，对于那个人来说，都是——骚扰。

3/ 保持纯洁友谊的前提是互相都没有性吸引。

4/ 如果你因为担心做得不够好而不去做，那么你就永远都是在为那些比你勇敢的人让位。

5/ 人要靠一些自我良好的虚幻而活，想太透不一定是好事。

6/ 一个人就是随心所欲，两个人就是时刻要为对方着想，前者收获自由，后者懂得责任。

7/ 别庆幸得太早，也不过度失望，接受所有变动的自然走向。

8/ 人对爱的渴望，如同对喝水的渴望是一样的，是一种本能。

9/ 你对待他人只是如普通朋友那样，不要有太多私欲，自然就不会觉得自己有何卑微，只有当你有了企图，你才会自降几分。

10/ 爱是没有什么经验可言的，爱只有激情和心碎。

需要花一个下午静静观赏的画 / "The Artist's Studio—Rue de la Condamine"

BAD TASTE IS A BITCH
BAD TASTE IS A VIEW
BAD TASTE IS A JOKE
BAD TASTE IS A GIFT
BAD TASTE IS A FEELING

《坏品位的哲学手记》Essays, Poems and Occasional Novels.

——萨特

存在先于本质。

11:01 / 01 01 / 2016

一

这一生,只是在有限的一个大时间轴里运转着,每个阶段做每个阶段的事,没有任何一种生活方式或选择,是优于另一种生活方式或选择的,因为最终都会变成坟墓里微不足道的肥料而已。

二

为何好人要经过九九八十一难才能成佛,而坏人只要放下屠刀就能立地成佛?个人比较倾向于"他成为坏人已经是他的难了……"。的确,人与人本身没有绝对的好与坏,只是一个人落到"坏"的境地,本身是已经走过一条也许"好人"无法真正体会的险恶道路,也许有人会觉得这是在为"坏人"开脱,但我想如果一个人如果无法去原谅和放下,本身已经通往"坏"的方向,人生很多事情是无法计算和评断的,只有去通往和感悟……

16:45 / 01 04 / 2016

三

婚姻或者说二人生活,真的就是两个人一起对抗无聊,居然可以为一把剪刀的摆放角度而争吵起来。正如《革命之路》所说的那样,"如果一个人想要做一件真正忠于自己内心的事情,那么往往只能一个人独自去做。"

11:22 / 01 05 / 2016

四

当你能控制某个人或某件事物时就表明你对它有责任了,所以自由的人不喜欢控制与被控制,但爱是控制,所以他们远离爱。

12:22 / 01 10 / 2016

五

死亡的神秘之处是,从来没有人回来告诉我们死亡到底是怎样。

23:22 / 01 20 / 2016

六

永远不要用别人的价值观去定义自己的幸福,生活给你呈现了几个礼物,你挑自己最喜欢的几款就行了。一年到头,你会发现,没有什么是最重要的,活着,本身就是启示,就是意义。

10:48 / 02 07 / 2016 除夕夜

适合度假时在车上听的专辑
"Before Midnight" OST 推荐 / "The Best Summer of My Life" "Gia Ena Tango"

《悲伤故事 No.7》

A 和 B 做完一次爱后 A 爱上了 B
A 和 C 在公园聊天 散步之后
C 爱上了 A
A 给 B 发信息
B 不回
C 给 A 打电话
A 不接

美术馆环境音乐 /Me：mo – "Static Scenery"

Royal Wedding
2011

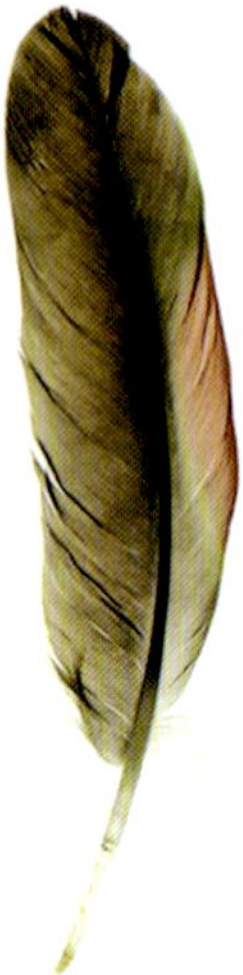

TORONTO
BICYCLFILM
FESTIVAL
June
Juin
17-20
2009
PROGRAM
FUN BIKE SHORTS
19
BICYCLFILM
FESTIVAL
2009
17-20
PROGRAM
FUN BIKE SHORTS

NW
W
N
NE
SW
E

FILTERED SOUP

VeroBlack
FullCure 870
W+P
COLT
GOLD CUP
NATIONAL MATCH
domus

《诗歌 Poetry》

一《无题》

A

所有的快乐 荣誉 到顶了
也无外乎那高兴一阵
而悲伤以及失败的最深处 似乎我们
还没有真正经历

F

狗摇曳着的尾巴也
非常贱
像一根麻木的阳具

B

如果
是在夜里
突然醒来 被巨大的伤痛唤醒

C

遥望着无尽的星空
逝去的爱情
你依然能觉察到你的失败
你的不完美
这是对你所获荣耀最大的鞭策

E

二《向狗扔食物的人》

你不完美

D

我讨厌 向狗扔食物的人
好像自己多得意似的
那耀眼的 向下垂的手臂

只要谁能给它好处
就拼命地摇几下

三《幸福论》

——选自坏品位诗集《午夜圣诞树》

H

幸福是你走进一间陌生的餐厅
主人请你品尝新烤好的面包

I

幸福是你们一起开车去海边
不说话也很快乐

——"L'Internationale"
Jean Jacques Militeau

失恋或找不到回家路时
听的音乐 /

《开放关系 Open Relationship》

电视节目里在讨论"Open marriage"。什么是 Open marriage 呢?或者说什么是 Open relationship 呢?我认为这是把人类的欲望摆在台面上的一种呈现方式。打个很简单的比喻,一对男女在一起十年了,或者五年?这个数字不重要,因为每段关系的"浓稠度"不太一样,总之就是你们是非常熟悉彼此了,摸对方的手,就像自己的左手摸右手的感觉。那么,问题就来了,人是有欲望的动物,然后,男性偏下半身思考,女性相对偏精神情感。反正就是在某一天,互相都在外边儿找到了各自的出轨对象,或者"Soulmate"然后这种关系就在"地下"进行着。而以上的所有 Open 式的关系,就是不地下之前就明了地商量好,允许彼此适当地解决自己的一部分情感或者说情欲,当然是与别人,但你们之前的那部分稳固的"情感或者别的什么东西"不变,也不和外面的情感掺和。

我们都知道,每一种选择都是要付出代价的,让自己的情感以及欲望,得到最理想的发泄或者实现,你得到的是自由、有趣、多元、精彩。你付出的代价便是无法感受到稳定与细水长流的甜蜜。而你若选择了婚姻,或者稳定的关系,那么你势必要失去一些自由,

如果我结婚 我希望婚礼现场的背景音乐是这首
The Fabulous Echoe
"Dancing on the moon"

一些"可变性"一些新的"刺激"（这些是与换件情趣内衣无关的）你得到的，当然就是一份安稳，以及共同创造的回忆。所以，选择本身就是矛盾的，几近完美的选择，是不存在的。而人类的不知足，本身又是一种围城心理在作祟。

短暂的欢愉，其实和看上去持久的欢愉，其实是一样的，因为欢愉本身是不可能持久的，就像痛苦，也不可能无时无刻一样，你必须要去选择经历这一切，特别是当你意识到你无法真正出世，又无法下定决心离开这个世界时。

《一段日本电影的台词》

所谓人的本质这东西,一般都是靠第一印象吧。并不是说和谁熟了就能更了解对方,因为人类是倾其所有语言和态度来伪装自己的生物。
——三浦紫苑《真幌站前多田便利屋》

一天工作结束躺在床上冥想时听的音乐 / 吉田洁
"Ubud Dua"

《最浅的痛苦是无聊 How to Kill Time》

我最好的作品,是我的行程表。

——马赛尔·杜尚

在一家餐馆吃饭,戴着头巾的女服务员先用普通话与我交谈,再用他们当地的语言与厨师们交流。

上帝是因为害怕人类太无聊,才发明了不同的肤色,不同的语言,不同的饮食习惯,不同的宗教信仰……

曾经有人问我,如果你下半生不想当作家那么你会做什么?

我说我想变成日内瓦街边和邻居打牌的大伯然后在一场突如而来的地震中死去……

《良药 My Spiritual Medicine》

一些诗句 / 睡前读一首诗不会错 /

《总是一再地……》
里尔克［奥地利］

总是一再地，虽然我们认识爱的风景，
认识教堂小墓场刻着它哀悼的名姓，
还有山谷尽头沉默可怕的峡谷：
我们总是一再地两个人出去
走到古老的树下，我们总是一再地
仰对着天空，卧在花丛中。

《我很早就爱上了贫穷和孤独》
曼杰施塔姆［俄］

我很早就爱上了贫穷和孤独，
我是个贫穷的艺术家。
为了用酒精煮咖啡，
我给自己买了一架轻巧的小三腿桌。

《现代处女》
索德格朗［芬兰］

我不是女人，我是中性的。
我是孩子、童仆，是一种大胆的决定。
我是鲜红的太阳的一丝笑纹……
我对于所有贪婪的鱼来说是一张网，
我对于每个女人是表示敬意的祝酒，
我是走向幸运与毁灭的一步，
我是自由与自我之中的跳跃……
我是在男人耳中血液的低语，
我是灵魂的战栗，肉体的渴望与拒绝，
我是进入新乐园的标记，
我是搜寻与勇敢之火，
我是冒昧得仅深及膝盖之水，
我是火与水诚实而没有限度的结合……

"美貌比一封介绍信更具推荐力"——亚里士多德

《干花 Dried Flower》

朋友家的书架上，密密麻麻几排书，因为不常回这个家，所以书架上的物件都铺满了灰尘。在一摞古书的旁边，有一只简单且毫无装饰的花瓶，里面插了一枝干枯的玫瑰。我问"这是……"还没等我问完，他便面带微笑回答道："刚开始恋爱时，送女朋友的。"说完，还将花瓶旁的相片递给我。是一位年轻女孩儿手握玫瑰的照片，现在他们还在一起。有时，觉得人与人的关系，很像这样的一枝干花，即便早已褪去昔日时的那种娇艳与夺目，却已蜕变到另一个阶段，呈现出另一种别样的美。而它又是那么地强韧，这么久了，依然完好地屹立在那里，褶皱与泛黄的花瓣，像一位年老的女士，优雅的皱纹。一朵鲜艳的玫瑰，逐渐发黄、枯萎、老去……整个过程所经历的，就如一对恋人所经历的全部，刚开始的新鲜、好奇、着迷，蜕变到习惯、争执、宽容、平淡……而让花朵始终不凋落的，是彼此的信任，与共同经历万千事务的决心。干花，何尝不是这世间美丽的一处风景呢？

适合夫妻一起观摩的影片《双面劳伦斯》《革命之路》《丹麦女孩》《荒野》《45周年》

《两人模式定律 Love is Complicated》

两人模式与一人模式的思维是截然不同的。两个人或更多人时,你不得不本能地要去考虑对方。然后削弱一部分自我,去找到一条中庸的路径。你不要说不需要妥协,有的人就是喜欢吃肉,有的人只吃蔬果。

正如伍迪·艾伦说:"任何一段恋爱的基础,不是妥协,不是成熟,也不是完美什么的。这种差异衍生到生活的各个面,所以需要调换思维模式。这个没有这么容易的……它实际上是基于运气,你知道,这才是关键。人们只是不愿意承认这一点,因为这就意味着失去控制。"

如果你想在自家后院举办一场乡村牛仔风格的派对
请准备好这首歌
Toby Keith – "Red Solo Cup"

1/ Fossil Collective - "In a Northern Sky"

2/ John Mayer - "Dear Marie"

3/ 押尾光太郎 Kotaro Oshio - "Dear"

4/ 手嶌葵 - "Rudolph The Red-Nosed Reindeer"

5/ 申秀珍 Yozoh - "Happy Birthday"

6/ 広橋真紀子 - "最初から今まで～「冬のソナタ」より"

7/ Simone White - "Bunny in a Bunny Suit"

8/ 全素妍 - "In the Spring Garden"

9/ 福原美穂 - "Ben"

10/ Lana Del Rey - "Brooklyn Baby"

《适合秋冬听的十首森系の音樂》

催情蘑菇　荷兰诗人　神秘主义

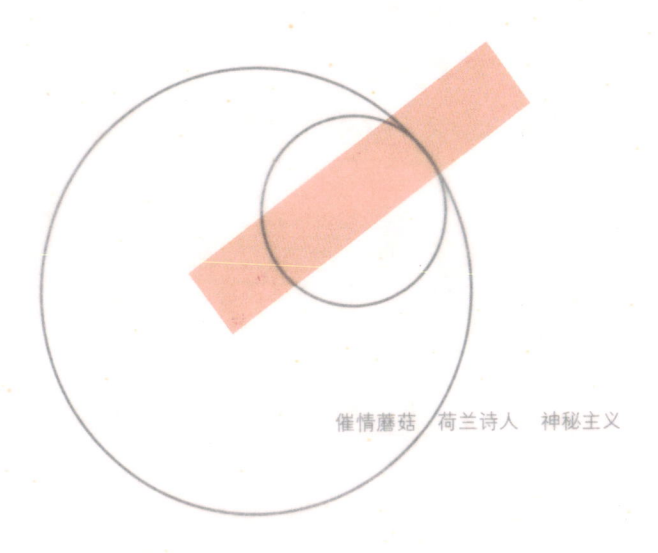

《1987》DVD / Book / Art / Sex / Love

《红酒刺客 Wine Killer》

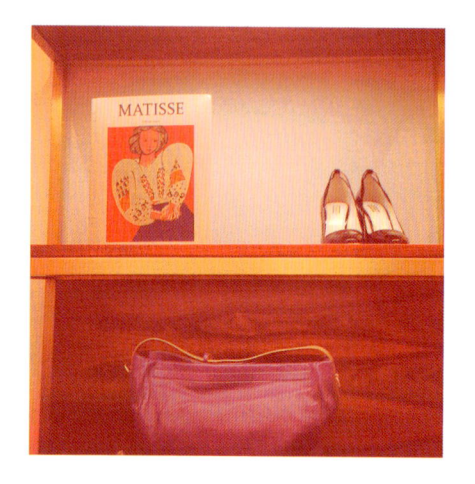

一对普通夫妻被邀请参加另一对中产阶级夫妻的派对，当他们渐渐靠近那座别墅花园时，丈夫发现自己带的那瓶不知名的红酒实在有些不配这个场所，所以，他决定把红酒的商标撕掉，妻子说："亲爱的，请别这样，你撕掉反而会更奇怪，不用担心它的。"

他们来到这间房子的门前，迎接他们的是漂亮的女主人。丈夫把酒递给了女主人，女主人惊讶为何酒的商标被撕掉，他说："哦，对了，这是我们农场自产的葡萄酒，有机的，酒瓶也是环保回收的……非常天然。" 女主人说："喔！" 并邀请他们赶快进屋……

适合派对结束回家洗完澡一个人静静聆听的专辑
Joao Gilberto – "João Voz E Violão"

《成人笔记 Notebook》

任性自在的活，终究是停留在青少年之前，步入成人世界后大家只会告诉你"如何能活下来，并争得一席之地"偏实用主义，理想与爱只有在你心里，你的生活是按自己的节奏过的，但懂得接纳并足够开放，不是坏事。

人生本来就是不平等的，接受这个比苦苦挣扎重要，当你认清了这一点，就要学会看到自己的闪光点，那个可以让世界给你一个位置的闪光点。

在沙滩日光浴喝可乐时听的歌 Gotan Project – "Celos"

《坏品位时装笔记 Bad Taste Notebook》

"星期五出门逛街,你会发现一个现象,橱窗边多了很多男孩在挑选衬衫、鞋,为了周末的约会给女孩一个好印象,但女孩就不用这样了,因为女孩从来不需要在某一天为男孩特别准备服装,她们每天都在准备,或者,早就准备好了。"

"一种风格流行起来,就会像病毒一样急速蔓延开来……所以我一直认为流行就是过时,而所谓前卫的独特品位,是永远拒绝跟随,他们的快乐是去创造崭新的风格与潮流。"

"能够把紫色驾驭好的，都有股高贵气质。"

"看上的都很贵，便宜的都看不上……适用于家具、服装、生活用品，以及人。"

"不盲目崇拜主流给出的那些所谓好的高级的概念，有自己的审美取向和个人品位，自己筛选了的美，就算有人觉得丑陋恶心，但也是独一无二的具有毁灭性的美，就是坏品位。"

当你在第五大道闲逛或者在 MOMA 美术馆门前吃冰淇淋时适合听的音乐 Lady Gaga "ARTPOP"

《父母皆祸害？》

我一直把我父母当自己的小孩儿培养，我觉得我们中国最大的一个误区就是只听父母的话，却从来不懂得教育他们，让他们成为更好的自己。今天就教育他们"做任何事要先沟通"，因为他们又没经过我同意，就私自把我的书桌移走了，换出他们所谓的"空间"，但那个多余的空间对于我来说是没有书桌重要的，所以如果他们事先给我打招呼就可以避免这场争吵。以小看大，可以涉及生活的各个面，所以我命令他们以后任何事情，只要是与我相关的，必须提前给我打电话沟通，无论我在多远，他们听取了我这个建议，并且道了歉……我觉得这些大人都是可以消化的，只是之前没人告诉他们，所以必须学习，你不去指导他们，他们可能一辈子都意识不到这些不良习惯的危害，我认为像经营公司一样去与父母沟通是有必要的，我们是一个团体，爱的团体，所以必须得沟通和互相理解。

在梦境里应该听的专辑 / 森田童子「ぼくたちの失敗」

《坏品位的话 No.1 A Whisper》

"真正的个性是不需要问别人意见，完全按着自己感觉来，做错了也自愿为此付出代价，因为中和大家意见 无外乎只是重复别人做过的安全的事罢了。"

"这个世界上我们所有看到的'坏的'或者'坏人'它背后到底包含了多少秘密和逼不得已，我们真的不一定全部知道。另外，故事的背后往往还有故事……"

"生活是靠机缘多过计划的，就是一些机缘无缝衔接上了，还有遇到的每个人，机缘和自然而然永远都是走在前面的。"

"后来你会明白 牵绊和束缚就是爱。"

——All From Bad Taste

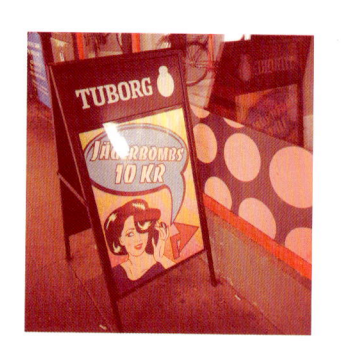

当你开始担心自己的未来时应该听的音乐 Joni Mitchell "Both Sides Now"

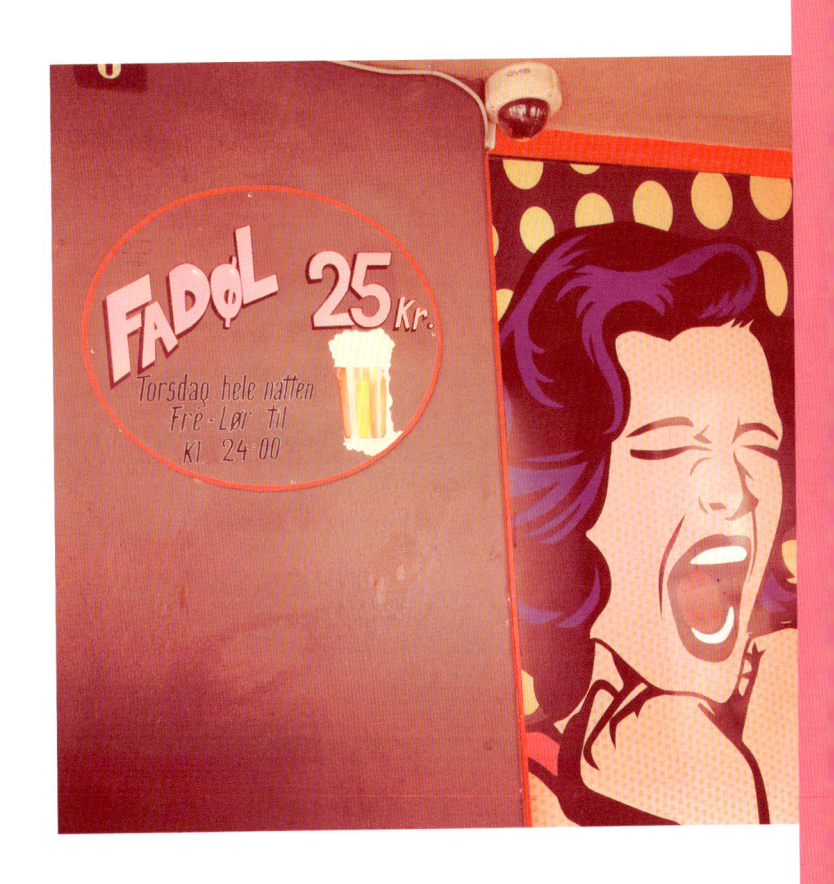
FADØL 25 Kr.
Torsdag hele natten
Fre-Lør til
Kl. 24:00

Sergio Mendes
Timeless

Sergio Mendes

Sergio Mendes & Brasil '66
GREATEST
HITS

《欢迎光临 Bad Taste Store 请随意挑选》

店里的 BGM 必须是 Sergio Mendes "Timeless" by Sergio Mendes
会售卖我的书,以及世界各地的独立杂志,
会有一些怪趣味玩具 CD 试听机,
几款以不同星球命名的鸡尾酒和咖啡甜点,
手工香皂、太阳镜、情趣内衣。

坏品位专卖店循环播放音乐
 "Timeless Feat. India Arie"

BAD TASTE

PLAYBOY

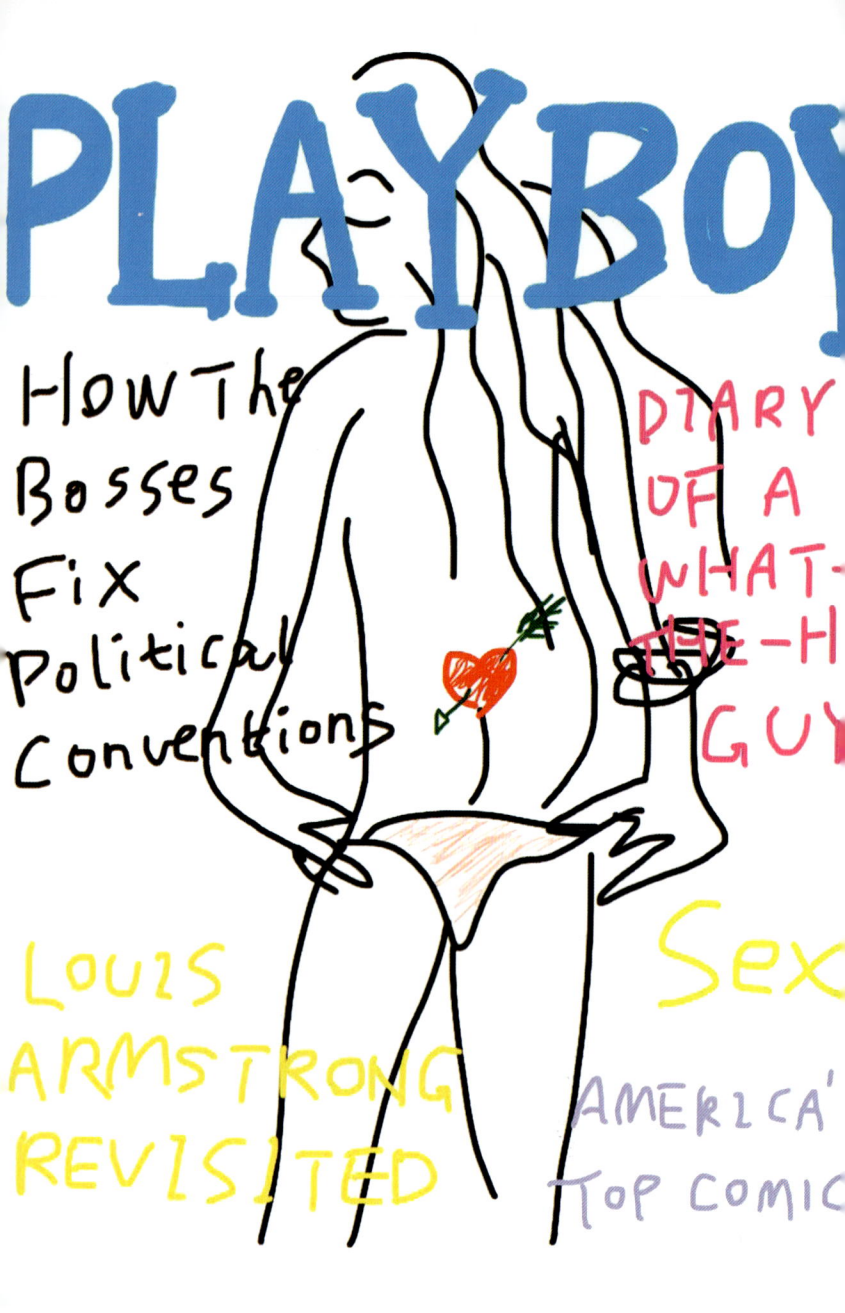

How The Bosses Fix Political Conventions

Diary Of A What-The-Hell Guy

Louis Armstrong Revisited

Sex

America's Top Comic

《坏品位の艺术电影观察笔记》

青少年　粉色　恶作剧　长镜头　古典音乐
幽闭空间　琐碎　人性　黄色游泳玩具

边缘话题　知识分子　风景　意识形态
十字架　白种人　黑人　东南亚风情　皮鞭

亚麻地毯　书本　公园长椅　长头发
婴儿推车　爵士乐　雨天　毕加索　荷兰风格

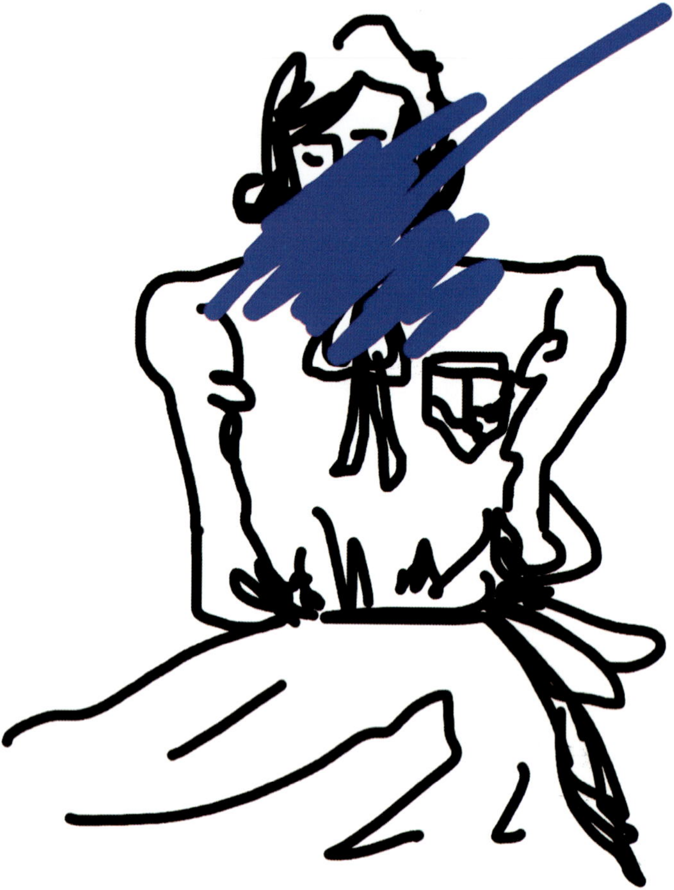

《墓场是最便宜的夜宿地》

到底是有爱好　还是无爱好
或者有爱无爱　都不一定好
基因　让我们　都无法完美
包括 爱情 自身 工作 家庭
有人说 只有死亡 才是答案
我说 我们的念头 就是答案

在游泳池里听的音乐 A. R. Rahman "Latika's Theme"

《坏品位生活指南 /
关于当代新媒体下的年轻人生活方式记录 New Life》

一个人在浴室得意忘形地冲凉时应该听的音乐 /「Lose Yourself to Dance」——DatPunk

最近迷上了"直播"。所谓直播，就是世界上任何角落，任何一个人，只要你想，并且拥有 Wi-Fi 和手机摄像头，就可以让网友看到了你的一切，不过现在查得比较严，所以你真想露个点，或者撸个什么的，还是会被封掉的。参与直播的人各行各业，有正在国外留学的孤独大学生，有十八线平面模特，有普通上班族，还有一些明星⋯⋯长相也参差不齐，但女孩儿的眉毛大多是一字眉，下巴也异常尖锐，美瞳的出镜率高达 90%⋯⋯男孩儿主要是抽烟、文身、爱听北京说唱，当然也不乏安静的美男子⋯⋯在这海量的阅颜过程，我居然发现，自己对长相的包容程度越来越大了，甚至改掉了之前的一些偏见。比如就从"蛇精脸"说起，所谓蛇精脸，就是下巴削得尖尖的，鼻子也很翘，戴美瞳，假眼睫毛⋯⋯以前只是看到网上有很多这样的照片，但从来没看到过动态的真人版，坦白讲，我觉得他们都是非常普通的一群人，就像我们大多数一样，甚至有些单纯。因为是直播，你可以看到各种生活细节，包括网络突然卡掉，有些就会立马一句法克，有的不动神色，有的旁边还坐着一个人，可能是男友或哥哥，他们会议论微信里的另一位网友，会说"靠，这女的腿儿这么短，还敢出来露，心太大了⋯⋯"所以他们应该也做足了被人议论和骂的心理准备。比如看到有人评论："你出台吗？"他们会回答："你出吗？你出我就出！"再来："你内衣什么颜色？"回答"你瞧你这问题就特别缺心眼⋯⋯"

我觉得这玩意儿有趣的点就在于它也可以帮助你了解"人性"，这是我的写作比较感兴趣的一个切入点，你会看到虽然很多人通过整容，让自己变"美"了，但并不代表他可以真正改变自己的德行以及说话方式，包括为人处世。同时，你也会更加包容，我一直认为包容的前提是"你看得更多"。这跟旅行，以及阅读书本是同一回事，有人可以在自己房间旅行，通过从昏暗的卧室走到有阳光照射下的阳台，完成一次超短途的旅行，并获得心情的愉悦，有的人从佐治亚绵延到缅因的阿巴拉契亚山间，俯视整片群山，好像找到了生命的意义⋯⋯再来，有的人被《读者》或者《半月谈》上的方块文章感动得痛哭流涕，有的在福楼拜与特拉克尔之间辗转反侧⋯⋯所以，你能说哪一种旅行是高明的，哪一种阅读又是低劣的呢？很难说，或者也只是以你自己的有限人生经验去区分定义罢了，所以，我终于明白曾经有人说道："去读书，无论你读怎样的书，去读书就好啦。"但这与鼓励你去犯罪，以及去爱一个不对的人是两码事。

那时候我喜欢的是黄昏、荒郊和忧伤，
而如今则向往清晨、市区和宁静。

——博尔赫斯 .1969

《三月 March》

下了两天的雨 今天终于晴了
即使没有太阳 走在大街上
也能嗅到初春的味道

如果人的精神状态粗略地分为以下阶段

绝对的幸福与狂喜
平稳的幸福
无所事事
充实却忙碌
忙碌却痛苦
疾病困扰却心态平和
疾病困扰且情绪失控
抑郁
身体与精神都处于死亡边缘

此刻的我大概是 无所事事的阶段
即使不是最理想的一种状态
但至少还没有坏到哪去
应该知足且感恩 不能狭隘

走在初春的街道 地上的水洼反照着
即将亮起来的天空

《最好的旅伴 The Best Travel Companion》

有种关系叫"相爱如独处",偏爱这种关系的人注定是少数的一部分人。

所谓独特的个性,往往是具有一定排他性的,因为你热爱,关注某些事物时,很难会想到身旁的人。所以,有人问我"如果你与一个人,去到一个地方,只有一天的时间,而你想去博物馆,对方想去庙宇,但它们相距甚远,只能选择一处,你会怎么选择?"我说"这要看对方是什么人,我们的关系如何,以及此行的目的是什么?"如果此行的目的就是"去到自己心中最想去的地方看到自己最想看到的那个东西",我认为那一天,可以暂时分开旅行,去体会自己最想体会的点。如果"博物馆"与"庙宇"在这两个人的心里是真正重要和神圣的,因为这种机会并不是每天都有的,而你的伙伴是可以天天见的。因此,这也牵扯到你与伙伴的亲密程度,以及双方是否都足够独立和不害怕独自面对在异地的一整天。

所谓"相爱如独处"这本身就是存在于"两种独立强韧的人"之间,因为能独处是需要内心的足够丰富且能耐住寂寞的,应该有一个较为完整的精神世界,无论这些兴趣是来自阅读、烹饪、运动、绘画还是旅行。所以这样的人,需要的,更多的是一种思想的碰撞,交流,是更形而上的,他们的相爱是"透气的陪伴"。是去到一个美术馆,大家各看各的艺术,完了在美术馆外吃一份午餐交流各自心得的自然。

适合在高空飞翔时听的音乐 Flunk – "Heavenly"

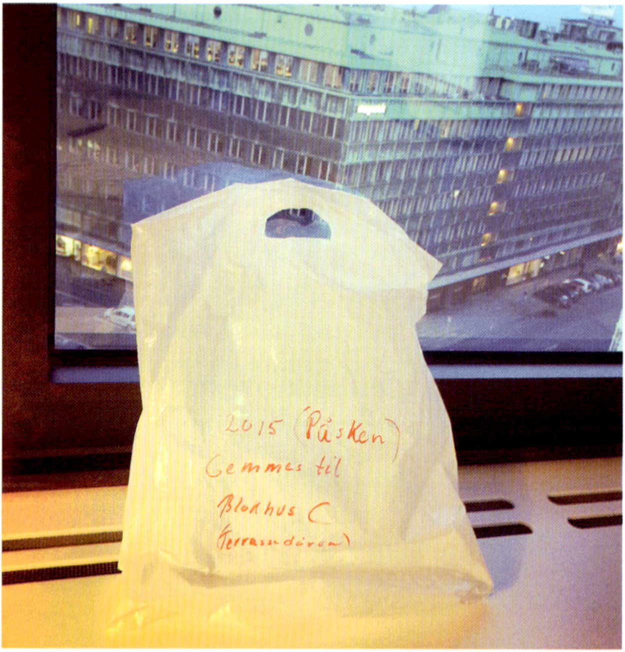
2015 (Påsken)
Gemmes til
Blokhus (
(terrassedøren)

《挪威室内爵士唱片 Piano Jazz》

去过北欧的丹麦、芬兰和冰岛,却未曾抵达挪威,但斯堪的纳维亚的严寒却是共通的,看到 *Being There* 封面那忧郁的深蓝,不知道是海峡还是天际,总之你能马上嗅到那独有的极寒之味,只有在这样日照时间短暂,被大量黑夜包围的国度,才能创作出如此凄冷却又酷到骨子里的室内爵士音乐……

**适合下雨的失眠也或幽闭环境里听的歌 Tord Gustavsen Trio –
"Colours of Mercy"**

如果被遗落到一个荒岛,只能带一本书消磨时光,我会选欧·亨利的短篇小说集,特别是那篇《身价》。

《放在啤酒店毛巾上的硬币》

这几天我享受到了这座城市最完美的阳光，
一个星期至少要做一件能让自己开心的事，
我一直认为一个人最好有两个家，
一个是不够的，两个刚刚好，
三个多了。

在温室花园里修剪藤蔓时应该听的音乐
Sparklehorse / Fennesz "Mark's Guitar Piece"

《GOD 翻过来就是 DOG》

在读一本诗集,
发现该诗人从 2000 年到 2010 年的所有诗歌中
大多数都很烂,
但让我买下这本诗集的原因是其中的某一篇,
我在思考,一位诗人要写过多少篇烂诗歌,
才能恰巧碰到那一丝上帝的灵光,
而诞生出那为数不多的几篇,
但这些撰写烂诗歌的过程,那些暂时没有碰到上帝之光的日子,
也许就是生活,或者,诗人的生活。

当你的思想想飞时应该听的音乐 Bonobo – "Cirrus"

《日记：关于无法超越的莫奈与欧·亨利》

有时，我会把太阳椅提到楼顶天台上晒日光浴。然后，人要意识到自己的局限性，比如这辈子也不可能写出欧·亨利或者波德莱尔那样充满了光环的小说，更不可能画出莫奈，或者雷诺阿那些我觉得已经完美的画，所以只能谢天谢地有生之年还有机会能够欣赏到它们，无论是在美术馆还是书本里……

独自在家喝酒时听的唱片 The kills –"The last goodbye"
副歌部分的火车声太心碎

He still thought art could change the world, just a little less so now.

FEBRUARY 26–APRIL 23, 2016

GAGOSIAN GALLERY   ALEX ISRAEL / BRET EASTON ELLIS
456 NORTH CAMDEN DRIVE
BEVERLY HILLS

《只有艺术能分散我的性欲》

只有艺术能分散我的性欲
其他任何时间 我都可能想到它
不被欲望控制的人 你们控制得很好
但只有艺术能分散我的性欲 还是暂时的

听一首蓝色的音乐入眠 Dan Gibson's Solitudes – "Equilibrium"

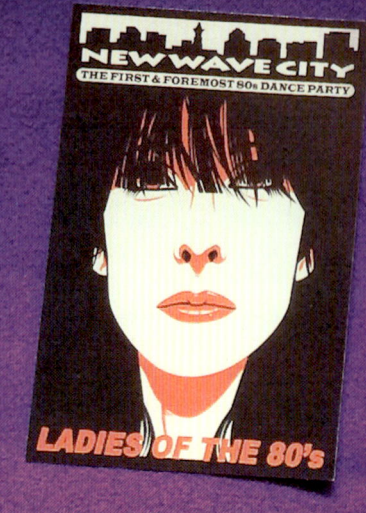

Smoke Reports
Launch Event
Your Personal and Cannabis Guide
www.SmokeReports.com

NEW WAVE CITY
THE FIRST & FOREMOST 80s DANCE PARTY
LADIES OF THE 80's

Happy Birthday!

SALE
Last Chance
Up to 90% off

NAME

WHO IS FAYE?

DIRTY

CAR-FRESHN
®
Royal Pin

目角 士多鸟拜斯 西洋文纺

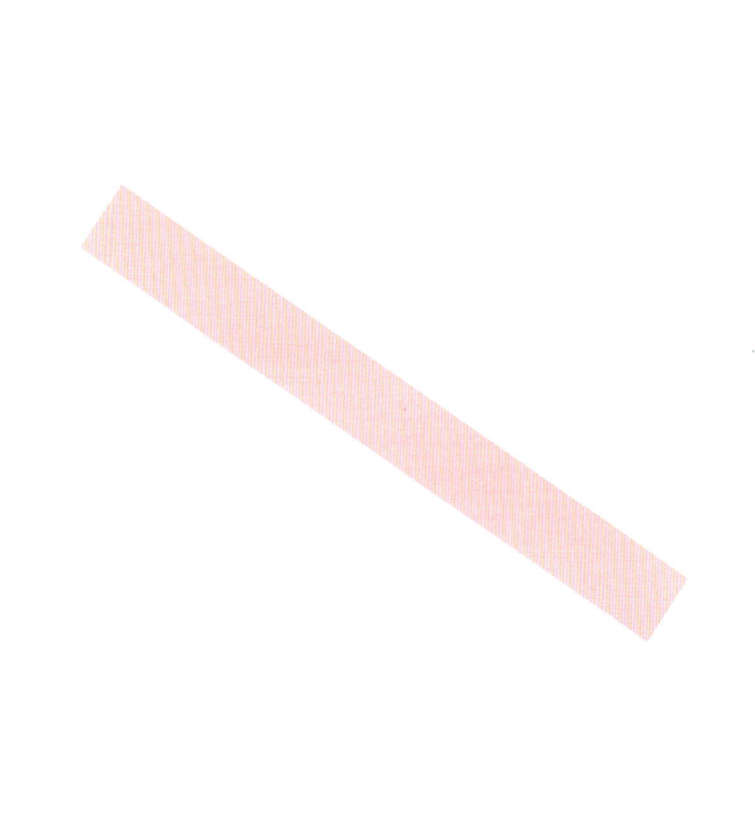

TOKYO

日和　士多鸟拜斯　西洋坟场

《号码牌 Lucky Seven》

新开的回转寿司店,生意火爆,故意错过上班高峰期,询问前台,依然需要领号排队。我看到那一盒各种动物的号码牌,心中对那块蓝色大象形状的比较偏爱,可服务员小姐一手就抓出一块鹅黄色的小猪形 26 号,也就只有这样了,领了等号牌,在一旁等位置,看看看这块鹅黄色的小猪等号牌,也越发觉得它没有什么不好的,反而有一丝可爱。有时候,上天赐予你的一些东西,也许你会暂时不满意,比如你的身高、体型、外貌、家庭背景、出生地,甚至是口音。但它们真的就是你领到的号码牌,你无法轻易改变的情况下,要么顺从,要么让你自己满意的部分更强,强到你可以不用计较之前的那些不满意的部分。所以,外力无法控制,你依然只能通过自己的改变,超越原来的那个你。

夏季消暑唱片 Decoder Ring – "Somersault" 第三首 "Snowflake" 可以让你快速静下来。

日和　士多鸟拜斯　西洋坟场　82

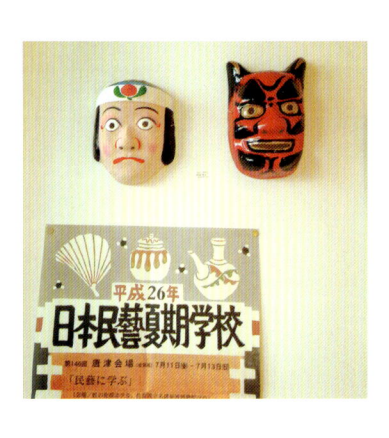

《诗人甜面酱 The Sweet Sauce of Poet》

一个人旅行时,最常窜进的,便是居酒屋,这好像是唯一不会令你出错的选择。并且,居酒屋最好不要选在商业街附近的,因为那边很可能会令你白破费一些不必要的银子的同时,也并不能带给你一些特别的体验。

有一次,从皇后大道东走过,顺着台阶往下走,来到了这家著名的「Nagami taa」,它隐藏于街道的小角落里,并且店面也不大,菜单上的食物品种也少得可怜,为何还能如此出名呢?当第一杯用一张芭蕉叶垫底的日式拿铁上来时,就印象不错,味道也非常的香酣。然后是一碟装饰得如艺术品一般精美的海鲜刺身,虾是特别好吃,Q弹细滑。有时,食物并不一定要多么丰盛,小小一碟,细致精巧,反而会品出食物至真美味。

坏品位推荐在香港可以待好几个下午的地方/百老汇电影院+库布里克书店

日和　士多鸟拜斯　西洋坟场　82

《高山冻茶 High Mountain Tea》

几近黄昏,与父亲走累了,决定走进这家茶坊,去小坐一会儿,顺便吃个晚饭。这家店之前经过时便有留意到,非常现代的Loft式设计,而走进去,又是非常中式的露台以及食堂。一位穿着亚麻布长衣的女士为我们沏茶,并简单介绍这家店的茶品,以及院子后面的客房。看我们饶有兴趣,便带我们在后院逛了逛。这是我与父亲第一次单独出行,像两个好奇心十足的孩子,走到哪里都四处张望。喝茶,是需要缘分的,跟遇人很像,有些茶,价格颇高,也被人们吹得天花乱坠,但你喝不出那味儿,或者说不适合你的味蕾,也是白搭。这家店的茶,便是入口顿生好感,立即买了一小袋『冰冻装』,回家做纪念,想回味时便立即能享用。老板娘见我们喜欢,又从后院拿了不同种类的茶,给我俩品尝,可都没有第一道味道好,离开时,与父亲谈论着那位女老板,我俩一致认为她有种气质,她不漂亮,却有些性感,这种性感不是身体性的,是一种眼神与肢体的自然流露,是一个不经意的微笑,是一种内在智慧的传达,这很重要,然后,我扶着左颠右晃的父亲消失在夜幕里,原来他又偷偷在西装内包里放了一瓶二锅头。

停电的夜晚时应该听的歌 Letts – "La Mer"

日和　士多鸟拜斯　西洋坟场

《红色绒帽 Red Cap》

地铁上，对面坐了一位戴红色绒帽的女士，厚厚的粉底，过分浓重的妆容，让她看上去也许是要比同龄人年轻点，但依然觉得不够轻盈，有些"失态"。由于是新年，所以地铁里空荡荡的，这节车厢，居然只有我与她两人。她不断拨打手机里储备的电话号码，第一通，一直没人接，她望着车窗外，雾茫茫一片，眼神中已透露出倦怠。紧接着，她又拨打了第二通，终于有人接了，她说：『你在哪呢……我去商场买了新帽子……红色的……要不要我戴来给你看呢……哦，在团年呀，好的……没事，你们吃吧，新年快乐。』第三通，『在干吗呢……』『她一只手扶着电话，另一只手伸下来卷着裤脚，应该也是才买的深紫色紧身棉裤。又听见她非常含糊地说道『我呀……很好呀，才去商场买了新衣服……你们在哪儿登山呢……』一阵寒暄后，又挂断了电话。不一会儿，她突然起身，慌张地望着车窗外的站牌，也许是坐过站了，门一开，便匆匆下车，消失于视野中……

日和　士多鸟拜斯　西洋坟场

《一则日本马拉松广告 An advertisement》

在旅馆的房间里,看了一则日本广告,前半段剧情老套,大意是无论你晚起跑了,还是在过程中摔倒了,都要坚持跑完全场的意思,而到后半段,剧情大逆转,主角面对镜头说道:"一定是要往一个方向跑去吗?"于是,跑道上的运动员们相继往自己所渴望的方向跑去,有些是跑到朋友的队伍里,与朋友们在旅行的海边喝酒畅饮,有的是跑到了也许因为工作而放弃了的恋人身后,有的跑向自己所喜欢的工作场所里……我的理解是,社会对大部分人的要求就像一场马拉松比赛,而你是否要沿着那条规定好的路,一路跑下去。还是另辟蹊径,去选择自己喜欢的,甚至不是马拉松,世间任何别的游戏或者比赛,是你自己的事。打破常规,又找到自己适合的,也许才不枉此行。

当你快要失去斗志时应该听的音乐 Macy Gray - "Stoned"

日和　士多鸟拜斯　西洋坟场

《一颗鸡蛋 One Egg》

一位女作家在她的『爱情社会学』课程上,为学生们布置了一个作业,就是发给每人一颗鸡蛋,叫他们随身携带,一个星期后交回来看有没有破。学生们会发现就因为这一颗鸡蛋,生活发生了很多变化,比如不能挤公交,不能游泳……很多事情都受到影响,而这就是爱情对于我们个人的影响,它是会改变你的,说难听点,爱情会抹杀你的个性。很多关系的决裂,都是因为两者的关系不对称了,就是你们好像处于恋爱的关系之中,但对方感觉不到你的爱,你们只是在用各自的方式,生活在一个爱的躯壳之中。爱是要时刻『关注』对方,而不是以你的感觉,自以为是地爱。所以,不要说你不配爱,或者无法拥有爱,在爱之前,先问问自己『做好要改变自己的准备了吗?』

沙发唱片 Michael Andrews – "Me And You And Everyone We Know"

日和　士多鸟拜斯　西洋坟场

《刺绣 Embroid》

在一部电影里，刚结束了十年婚姻的男主角从房间醒来，发现身边坐着一位哲学家。他向哲学家诉说这些年发生在自己身上的不幸。哲学家拿起身边的刺绣说："人生前半段，是刺绣的正面，最精美和鲜活的呈现在你面前。而后半生，就是这刺绣的背面，杂乱无章，且丑陋不堪，但你可以看到它们的根源。"罗曼·罗兰也曾说过类似的话："大部分人二三十岁就死了，因为后面的日子都是之前的经验重复，并且越来越矫揉造作。人生就是一个大的轮回，所谓幸福、痛苦、遗憾、愤怒……就像那刺绣的图案一样，只是一个局部，一个片段或者说瞬间，需要我们绣到最后一针，才能看到自己生命这幅完整的图案。前面的图案是经历和感动，后面的线头是懂得。"

想进一步了解日本家庭妇女应该观看的影片「瑞普·凡·温克尔的新娘 リップヴァンウィンクルの花嫁」

日和　士多鸟拜斯　西洋坟场　94

《绿茶 Green Tea》

白天她是保守的"比较文学"女硕士，夜晚却变成了风情万种的夜店女郎。女硕士的她，每天与不同的男人相亲，每次她都只会点一杯绿茶，她说"我有一个朋友，她会算命……"。她也会说"我有个朋友，她母亲是给死人化妆的……"而到了晚上，在酒吧的她，就不那么爱谈关于自己的事了，她只喜欢暧昧，让男人魂不守舍。总觉得我们每个人都有这样两个"我"，至少两个。而杯子里转动着的绿茶叶，也就像我们的每个分身，或者瞬间，在这有限的生命中转动、交替、沉沦。

你需要一本床头童话书 Lewis Carroll *Alice's Adventures in Wonderland & Other Stories*

日和　士多鸟拜斯　西洋坟场

《印度唱片 Indian Music》

床头有一张从印度买回的唱片，记得那是一家昏暗的书店，老板娘是一位戴眼镜的印度妇女，她看到我们进屋，才将里面的灯点亮。印度的唱片大多简易包装，不会像西方或者其他亚洲国家那么浮华精致，也许在这些商业元素方面它们的确是落后的，但丝毫不影响音乐本身的品质。这张唱片的封面是一片灰蓝的天空下，一头牛拉车正在山腰间前行。整张碟一共五首歌，开场便是一阵清雷，然后是雨水滴答在湖面的声音，然后有非常传统的印度乐器，倘若你曾去到这片国度，听这样的音乐，脑海中会立即浮现简陋却自然的草屋、寺庙、街头艺人、穿纱缕的妇女、夜晚靠海的露天餐厅、烛台、长笛……

印度午夜唱片 Rasa - "Ganesha Sharanam"

日和　士多鸟拜斯　西洋坟场　98

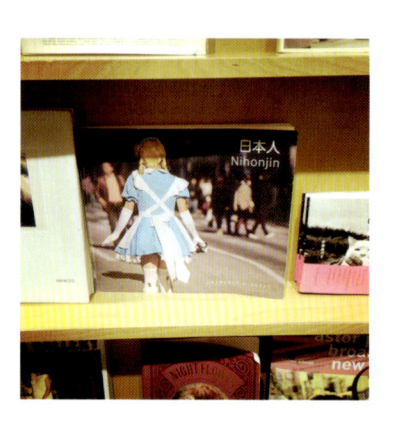

《下午茶 Afternoon Tea》

有一次，与一友人聊天，我说「我也不知道为什么，每过一段时间，就想与你坐在这里聊上几句，总觉得我们的谈话，有些不一样⋯⋯」她说：「因为我们的交流是诚实的，你不觉得我们很多时候，与一些人的谈话都是在浪费时间吗？双方都不诚实，双方也不为彼此真正感兴趣以及关心。」成年人的特质是，每个人都不可能将内心的真实情感，百分之百道出。只能靠我们自己的感觉去判断，所以成年世界终究是一个靠感觉，而不是靠事实呈现的世界。当然，感觉也时常是会出错的，我错误地感觉你，你错误地感觉我。

适合与友人下午茶时听的专辑 "Bossa Nova: Soothing Sounds of Brazil"

7 610186 845246

610186 845253

SUPRACOLOR II Soft

SUPRACOLOR II Soft

HONG KONG

《午夜 San Va Hospedaria 旅馆 蟑螂 梦》

他在午夜时分醒来，拿毛巾与肥皂去浴室淋浴，他在反锁房间的时候，遇见一位老人，他一直坐在外面，他这样度过他的夜晚。

回到房间时，他发现木墙的缝隙透过几丝光线，那是隔壁的房间透过来的，入住的是两位东洋妓女，她们深夜回到这里，听不懂的语音，一直吵个不停。他在镶有彩色瓷砖的地板上发现一只蟑螂，迅速用拖鞋拍打，可费解的是，明明那只蟑螂已死，可一转眼，蟑螂的尸体就从地板上消失了……

后来，他睡着了。他做了一个梦，一只巨大的蟑螂悬挂在绿色的天花板上。

日和　土多鸟拜斯　西洋坟场

《圣佐治大厦的忧郁》

早晨,他与一位阿伯一同乘电梯,阿伯说:"年轻仔,这两天七级大风呀,你没带雨具不行啦……"其实香港的雨来得的确猛烈,但很快又会再次晴过来,幸运时,还能看见 Double Rainbow。他将大半个头缩进连帽卫衣里,他心想:"反正这样的清晨也不会有人注意到我。"他一个人住在百老汇附近,白天散步,晚上去剧院看戏,昨晚的那部电影中的一个情节,令他印象深刻,母亲去到了儿子的家,卧室全是酒瓶以及没有换洗的内裤,母亲的一句"How can you live without me?"令在场的观众纷纷大笑,因为这大概也是每个家庭,每个母亲,都曾对自己的儿子说过的话。

"A boy's best friend is his mother……"

日和 士多鸟拜斯 西洋坟场

《他在电影院里打了一个粉红色喷嚏》

他按着电影票根上的时间准时赶到剧院,在外等候进场的人有一种共同的无以名状的默契,他们看的是一部情色电影,屏幕上的屁股此起彼伏。电影讲述的是一对情侣,邀请另一位陌生人,来到他们的住所,他们一起吃希腊大餐,在饭间聊到彼此的生活,然后一起回卧室做爱做的事……

电影结束后,他们纷纷离场,电影开始前的漫长等待与结束后的迅速消失回到各自的生活轨迹,似乎是一场幻觉,或者不那么真实的梦。

在地铁的楼梯间,他看见一位戴三角帽,提巨大棕色旅行箱的老头,他是一位刚下地铁的魔术师,初到这座荧光色的城市。

日和 士多鸟拜斯 西洋坟场

《在荷李活道迫降的神秘飞机》

他所坐的飞机,被告知不会降落于太阳城机场,也就是说飞机会继续航行,降落时间未定。

他透过机窗,看到一种近乎于黄昏的彩霞,而那大面积的蓝色云雾,又令他感受到了无尽的孤独。他在担心自己的那五包一次性内裤到底够不够用,他决定再要一杯冰茶,然后去上洗手间。

当他再次回到座位时,机舱里的灯已全部关闭,像一个黑盒子。他的邻座,那一对之前喋喋不休的芬兰妇女,还有她们的过于肥胖的孩子统统都睡着了。他看了一眼钱包里女友的照片,披上毛毯,进入了梦乡。

等他醒来时,机上广播正在播报:"飞机很快将在荷李活道迫降,请大家收起小桌板,将桌椅靠背调直……"

荷李活道是一条露天的艺术博物馆,有等待日出的印度人,有菲律宾小贩,有蓝白校服女学生,性用品店,它是一个游乐场,是资产阶级的,同时又是无产阶级的。中环穿梭而过的白领,他们的制服已经湿透,你要很努力,才能登上第44层楼。他遇到了女孩B,他们从黑白多士与士多啤梨泡芙聊起,然后又聊到了轩尼诗的那栋旧大楼。

他说:"我们要和欲望建立怎样的关系,才不至于迷失,又各得其所?"

她说:"你必须要对自己诚实,你不能掉进那些漩涡。"

日和　土多鸟拜斯　西洋坟场

《绿光 Le Rayon Vert》

看了一部侯麦的电影《绿光》,片中有个场景是两位女生在海边聊天,其中一位说:"固然一个人真的不好,有固定对象太久也不好……" 一个人生活与两个人生活都有各自的甜蜜与痛苦,都是你可以选择及感受的。就是千万不要有"两个人在一起,就一定会幸福"这种愚蠢的优越感。也不要觉得"单身就一定是毫无幸福感的"。人在各种状态都有其必须要去承受的,痛苦与快乐,分散在时间的每个瞬间,没有任何一种关系,是完美的。必须懂得这一点。

日和　士多鸟拜斯　西洋坟场

白鸽

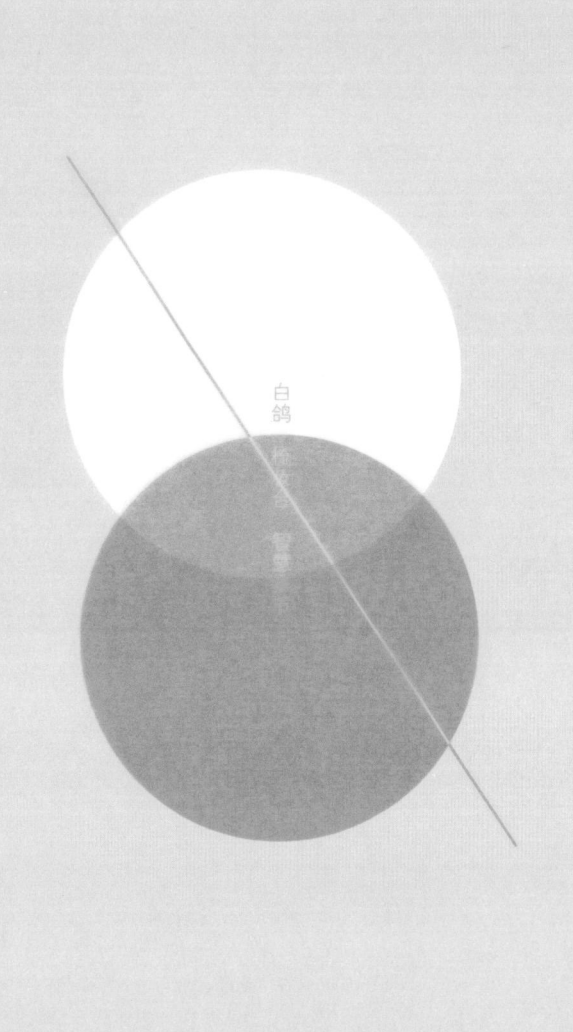

Music (Pink)
Bjork, 2005

The History of Rock 'N' Roll 1995

Barber's Secret 2002

Comme des Garçons F/W 2016

昼下がりの情事 1971

Pink Flamingos 1972

Split 2008

蒙特罗素
高迪
马蒂斯
苏珊·桑塔格
约翰·列侬
达利
一份上好的鳕鱼意面
Oscar Grønner
杜拉斯
小野洋子
Pierre Sernet
Vivienne Westwood
一期一会
巴齐耶
冰岛
Wolfgang Tillmans
索德格朗
北欧诗集
巴尔扎克
季大纯
Comme des Garçons
Pierre Charpin

《盐的代价 Carol》

二〇一五年一整年,让我印象最深的电影只有一部——《卡罗尔》改编自小说《盐的代价》所谓盐的代价是"如果没有盐,肉就无法入口。爱情之于生活,就像盐之于肉。渴求盐,是需要代价的"。片中的两位主人翁,都是脱离了要去为温饱过度担忧的阶层,所以,他们的问题只有"爱的问题"。关于电影的情节,需要每个人自己去体会和读解,而我衡量一部电影是否成功的标准是"有所好,自己喜欢就好"我认为电影的魅力是"能否在那两个小时里,把你带入另一个世界 并享受其中"。这部无疑做到了,整部电影像"一只五十年代的复古手工包",每一个内衬与锁扣都是精雕细琢的……

"有老朋友的幸事之一就是,你可以尽情地在他们面前犯傻。"

拉尔夫·瓦尔多·爱默生

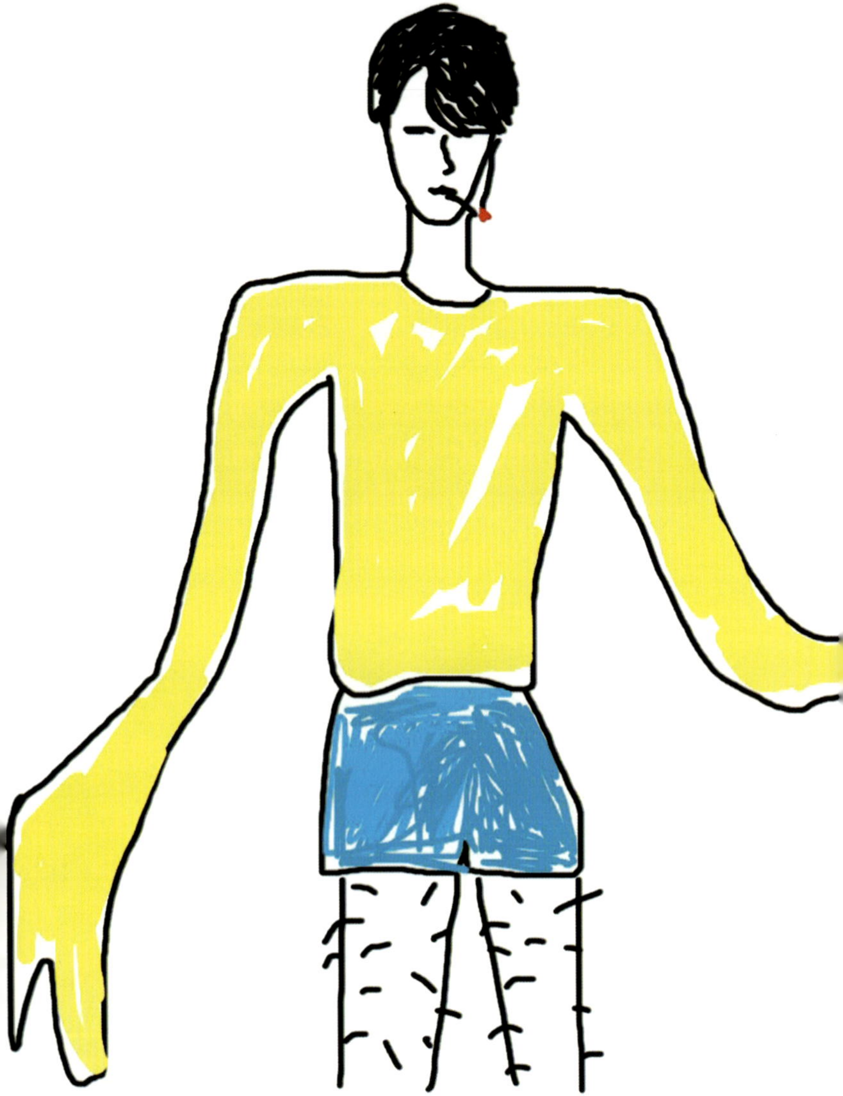

《龙虾 The Lobster》

旅店经理：如果配对失败，想要变成什么动物？男人：龙虾。
旅店经理：大部分人都会选择变成狗，这是这世上为什么那么多狗的原因……

在"未来世界"，如果你在有限时期内还没找到另一半，就会变成动物，她的有限时期已经用完了，所以在最后一晚，在变为动物之前，她可以选择做一件人类特权的事，最后她选择了独自一人看一部电影，因为像做爱和吃饭之类的，变成动物也可以做……

我认为所有暴力片的结尾曲都应该是古典音乐
Martha Argerich – "Chopin: Nocturne in E flat major.Op.55.No.2"

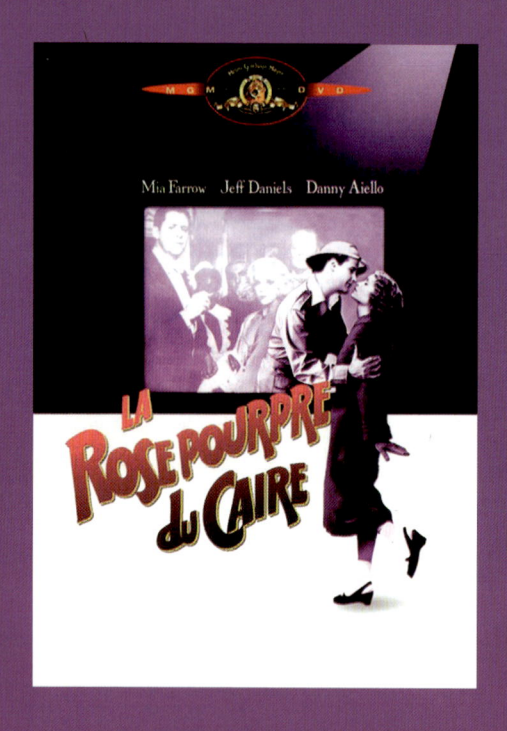

The Purple Rose of Cairo

《开罗紫玫瑰 The Purple Rose of Cairo》

"这个冬天我过不去了……"

即便每次都还是度过了,但极冷的冬天与炎热的夏天,依然是会把我困在这个不足 70 平方米的家里的。所以,我只有选择老电影一部接着一部地看。家庭主妇西西莉亚常常一个人去看同一部电影。有一次,电影的男主角居然从荧屏里跑出来了,拉着她的手要跟她私奔,他们去到了附近的一个废弃公园……这是非常伍迪·艾伦的剧情,在人们快要昏昏欲睡,或者自以为是地猜测下一帧会发生什么时,他便给你一个意外的破格,一次超现实的逃亡。

在公园里游走闲聊时,女主角说道:"你该回去了……"

男主角回答道:"不,我要活着和能自由选择。"

**适合在花园或白房子里听的古典专辑 Schubert –
"Die Forelle – Trout Variations"**

WOODY ALLEN
TAKES A
NOSTALGIC LOOK
AT THE
FUTURE.
Woody Allen and Diane Keaton
in
"Sleeper"
A JACK ROLLINS - CHARLES H. JOFFE PRODUCTION
Produced by JACK GROSSBERG • Executive Producer CHARLES H. JOFFE
Written by WOODY ALLEN and MARSHALL BRICKMAN • Directed by WOODY ALLEN
United Artists
INT'L 1SHEET

《当北野武遇见伍迪·艾伦》

如果被漂流到了荒岛,只能与一个人和我在一起,我希望那个人是伍迪·艾伦。

我爱伍迪·艾伦是因为他总是可以站在一个更远的视角去看待这一切。即便有些讽刺,但这种思考是真正有趣儿的地方,比如这部《傻瓜大闹科学城》,他讽刺的是现代医疗和饮食文化,他的朋友们即便吃的是最有机的食物,也没有活到很远,也就多活了几年吧……并且在 2173 年,已经产生了比有机食物还健康太多的食物了,并且推翻了一些我们现在觉得正确的标准……

"没有了惩罚,就失去了逃亡的乐趣。" ——『砂の女』

"醉心于某种癖好,是幸福的。" ——萧伯纳

"修行,就是接受矛盾。" ——『红鳉鱼 赤めだか』

"活着的意义是什么?" "爱" ——《爱恋 Love》

"也许是天生懦弱的关系,我对所有的喜悦都掺杂着不祥的预感。" ——三岛由纪夫

"谈情说爱时应该好好选择乐曲,还有香水和值得纪念的东西,以便将来回首往事时会想起这一切。" ——弗朗索瓦丝·萨冈

"我以为最糟糕的事情是孤独终老,其实不是。最糟糕的是与那些让你感到孤独的人一起终老。" ——Robin Williams

"我没有钱,没有人缘,也没有希望。我是世上最快活的男人。" ——亨利·米勒

如果你想跟一个人产生羁绊,那你就要做好付出眼泪的代价。——圣爱克苏贝里

适合躺在沙发上阅读时或在逛美术馆间隙休息时听的歌
Chet baker – "I Fall In Love Too Easily……"

《智慧章节 Art & Culture》

#Henri Matisse1869—1951#

《关于 Colleen 的情绪延展 The Golden Morning Breaks》

130　Art & Culture

冰岛缝纫机　女孩的布娃娃　手摇八音盒

古老传说　门档 一根白色的头发　墙上的画

失眠　星空　远方寄来的长信　贝壳　咒语

松木条　大提琴　教堂　16世纪的玻璃钟琴

国王与一名大臣出巡,在深山老林里,国王不幸被蛇咬断了一根手指,而大臣却说:"一切都是最好的安排。"国王听后大怒,认为这名大臣胆大包天,居然这么冷漠地对待自己的不幸,于是派人将其关进了监狱。

过了一阵子,国王又与另一群人去打猎,在森林里遇到了一群食人族,在场的所有人都被吃掉了,而国王一个人幸免,因为食人族不吃身体有残缺的人。

国王回到了宫里,辗转反侧,认为那位大臣也许是对的,"一切都是最好的安排"。所以他把大臣放了出来,可国王又疑惑道:"一切都是最好的安排,但这些天你终究还是在监狱里受苦呀?"大臣回答道:"如果我不在监狱里,我当时就陪你去打猎,被食人族吃掉了⋯⋯"

当你抑郁时应该听的歌 Aspidistrafly – "Landscape With A Fairy"

《国王 蛇 断指 食人族 监狱 寓言 Fable》

~~I Miss~~

《白日梦呓 Kyst》

喜欢在有阳光的天，整理物件，翻到一本在二手市场淘的复古相册，然后把六寸的照片一张一张放进去，你会发现，其实我们这辈子能够结交的朋友是非常有限的，如果人是一只有爪子的章鱼，能触及的人和事也是有限的，我想我们中的大部分人大概也不会每天出入白宫，或者研究出什么可以改变世界的大发明出来，也就是我们依然是那平凡的大多数。我时常对身边的朋友说："我们生来就是不平等的，所以没必要谈平等，自己做好自己的本分，知足就好。"有的人生来就在难民区，有的生来就在皇宫，但难民区一定是有小快乐的，皇宫里也有大痛苦。这叫命运。

"人的一生，很像钟摆，在喜悦与痛苦之间摇摆，永无停歇，只有死亡能让钟摆静止。"

——叔本华

Cheap Eats

7 PM Fr
       Hel

7:30   Li
PM   In

1

WANT YOUR
$20 BACK?

《声名狼藉》

"她的歌必须用好的音响听,或者说,她的嗓音本身已经变成了一种独一无二的乐器。"

昨天经过公园时,我妈说:"那天和我姐以及她的小孩儿在这里喂鱼,一家人在这里待了一下午……"我觉得特别美,现在我越来越喜欢和家人,已经认识的朋友,新朋友,还有我的读者,以及所有我觉得对的人,一起度过一些时光。因为这里面有爱的成分,我觉得如果一个人很有钱,很出名,但不被爱,是很 sad 的。再加上不是每个人都有 Amy 这样的才华,也不是每个人都能成为马蒂斯,巴赫,因为他们至少还可以有艺术的包围与支持,所以普通人更加需要这些最普世的爱。

纪录片中,当她出名后,不得不在无数场合唱无数遍她的那首成名曲。她对此感到恶心,所以每次演出前天她都会喝醉。有一次她醉在自己家的沙发上,唱片公司直接把这个不省人事的身体抬上了飞机,送到了演出现场。因为你不得不唱,已经收了钱了,歌迷也在下面尖叫,最后她上台的画面是这样的:根本还没睡醒,一个屁股坐在音响上,因为高跟鞋都还没穿稳,歌迷在下面喝倒彩,命令她"Sing!" 她翻着白眼,打着哈欠……

没过一个星期,她便离开了这个世界,在离开前她曾发信息给她的保镖,她说:"如果不要这些天赋,只要能走在大街上,无忧无虑的,我会答应的。"

Ending Song/ Tony Bennett & Amy Winehouse – "Body and Soul"

《房间》

女孩乔伊被一名叫老尼克的男子诱拐,并遭到强奸,生下小孩儿杰克,并被禁闭在一间棚屋里长达七年。"母亲"乔伊却在这样的环境里,尽量给儿子杰克爱的教育,让他在有限的世界里健康成长。直到有一天,乔伊决定告诉他真相:"这个世界大得很,并且,屋子里的所有东西都是真实的,你以为老尼克每天给我们带回的那些面包,饮料是怎么来的呢……"。儿子:"是电视里变出来的!By Magic!"乔伊:"没有魔法,这一切都是真实的……"。儿子难以接受这一切,他说:"怎么可能……电视里这么多树,河水,鸟……哪里装得下……"。乔伊把他抱起来靠近天花板,那唯一与外部连接的透明天窗说:"你看,那是什么,树叶!"儿子说:"不!树叶是绿色的……"乔伊开始重新带他认识这个世界。

适合一个人日光浴时听的专辑 "Bye bye black bird"
推荐曲目 "Summer Time"

例如极简风格的家居设计,最重要的就是房间里的每个单品,包括家具与家电,因为此时的墙与地面,已经变成舞台上的白布,只是背景和陪衬。极简风格不需要人工罗马柱,也不需要图腾与装饰,以及大量色彩风格的堆叠。"空间是最大的奢侈"一位建筑师如是说。

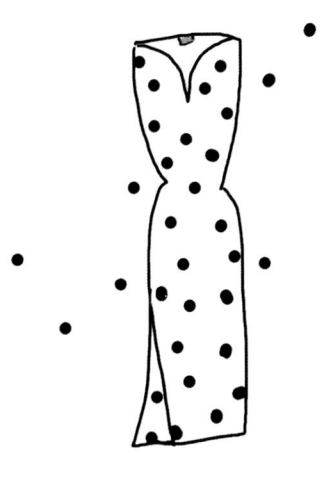

《极简主义 Minimalism》

一

邀请几位好朋友，最好是各行各业的，公司职员，艺术家，设计师，诗人，
珠宝店老板，医生……

发给他们一人一张白纸，蜡笔或彩铅若干，叫他们画出此刻最想画出的画，题材不限

最后，把这些画直接上墙，做一个展览，名叫
《Dream》

二

把你的苹果电脑待机屏保设成"壁炉"圣诞节时放在餐桌旁边

三

收集旅途中各个地方拾到的树叶，在上面写一句当时最想说的话，可以是对自己说的，也可以是对于你重要的人，或者对这个世界。最后按亚洲、非洲、南极洲、南美洲、北美洲、欧洲、大洋洲；太平洋、大西洋、印度洋、北冰洋……
分布在画廊白墙上，不用为这件作品取名字

**在户外搭帐篷时听的音乐 Chet backer –
"I'm Old Fashioned"**

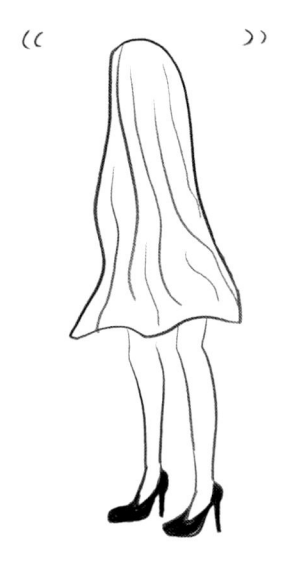

《虚拟展览 Idea Art》

《坏品位の话 No.3》

夜晚只有两件事情是有意义的——阅读与做爱。

虚荣是可以传染的。

第一眼就不信任的人就是不能信任的人。

任何关系，太近了，真的就不好玩儿了，保持一定距离是好事。

《坏品位の话 No.4》

"两个人有共同话题最重要，因为这漫长的人生全靠它了，
性与爱，物质，身份，年龄……都不及它。"

"你的潜意识叫你去哪里你就去哪里。"

"所有极致的情感都是短暂的，比如极度的喜悦，或彻底的悲伤。"

"关于爱情，我的态度是，如果不是 soulmate，那么就没意思。
什么过日子，生活伴侣之类的，听上去都已经困了。
不是 soulmate，就直接单身一辈子也非常好，
much better than being with some boring and ordinary person."

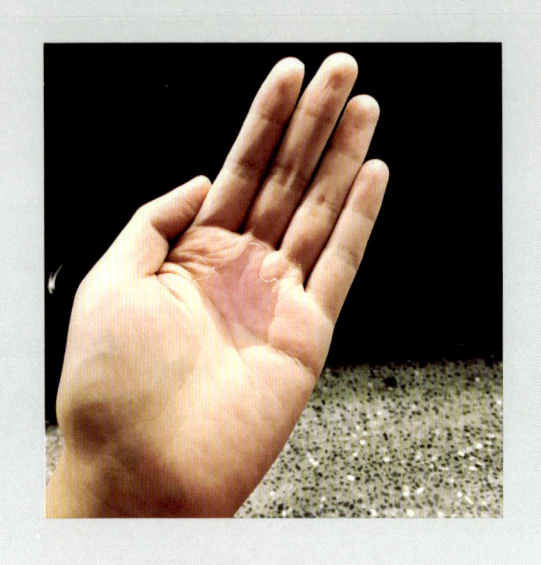

《体验感 Experience》

我们买手机要追求体感

每一次系统更新都是为达到更好的浏览及使用体验

我们去餐厅吃饭要追求体验感

餐桌上面的灯光亮度是否违和 用餐环境是否舒服

菜品口感有没有超出预期

我们买车追求体验感 去参加周末社区活动追求体验感

听一场演出追求体验感

那么 我们的爱人呢

如果爱人的体验感不好了 或者说一段感情的体验感不够好了

如何更新 要不要换……

你在读一本实验性小说时适合听的音乐
"I Got It Bad And That Ain't Good"

《购书清单+简单的语言的法则 Shopping List+Words》

PIERRE CHARPIN

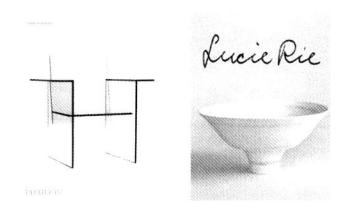

1 / *Shiro Kuramata*
2 / *Pierre Charpin*
3 / *Lucie Rie*

做过 //
逛博物馆 绘画 写诗 独自旅行 冰岛看极光

想做 //
去约旦 悟禅 冬天在北海道泡温泉 睡帐篷

可以快速地将你家的客厅变成 UNIQLO 大卖场的专辑
Gui Boratto – "Chromophobia"

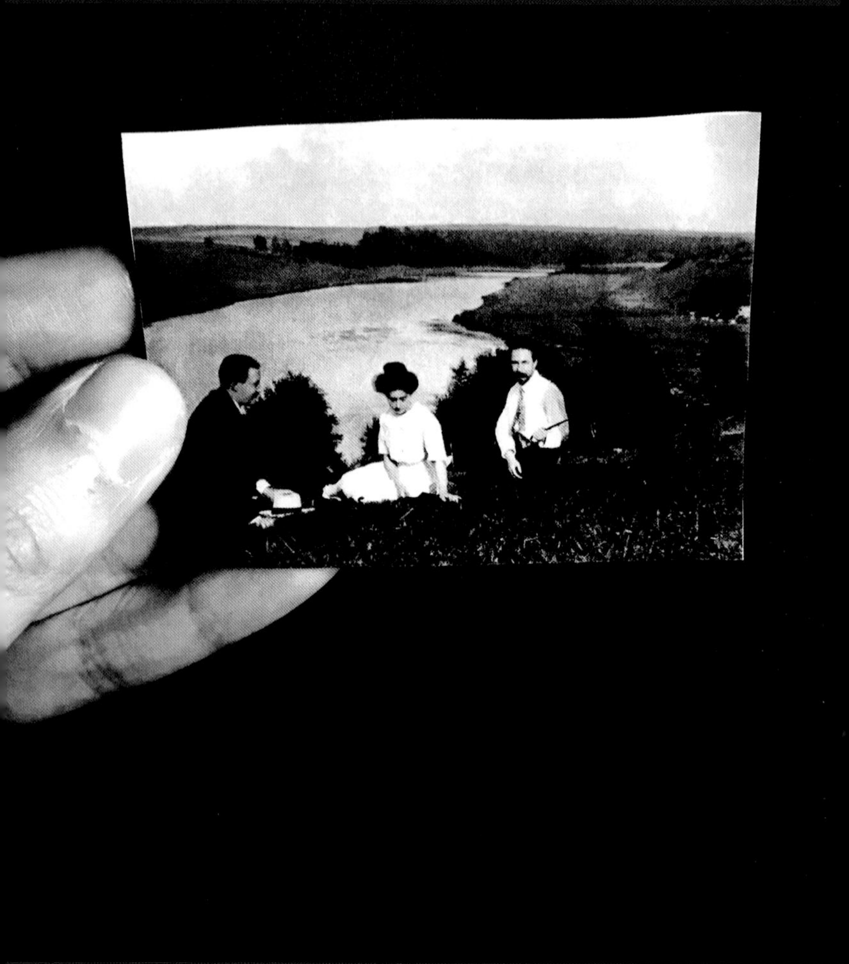

《论摄影》

我从来不看对每张照片都去说明其背后意义的摄影书，因为我觉得如果摄影是艺术的话，那么就不需要注解，每个人根据自己的经验看到什么是什么。

另外，好的摄影作品，本身就不是一张图像，而是一个故事。

适合在野外搭帐篷用天文望远镜看银河时听的音乐
Bjork - "Frosti"

《那年夏天,宁静的海 A Scene at the Sea》

很适合夏天看的影片《那年夏天,宁静的海》,也许是自己本身对海有一种偏爱吧,这是一部以海为背景,讲述一对聋哑人,通过一起学习冲浪,一起去参加冲浪比赛的简单故事,而你在观看这部影片时,又会发现,其实片中每个人都可能成为主角,或者配角,大海反而成了生命的壮阔、漫长、周而复始本身……

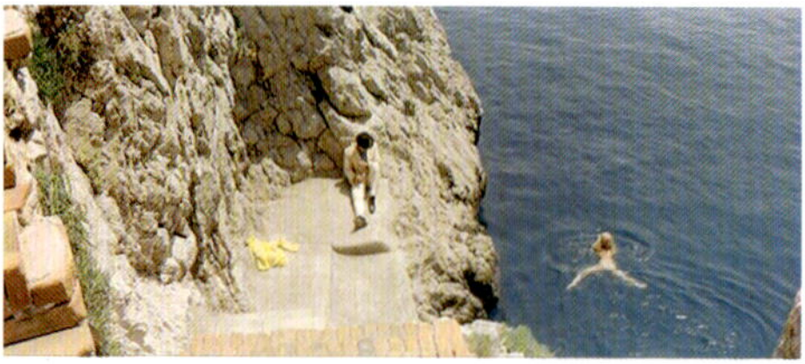

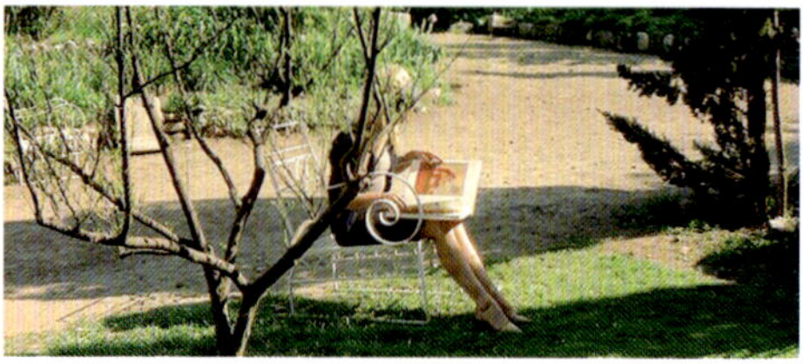

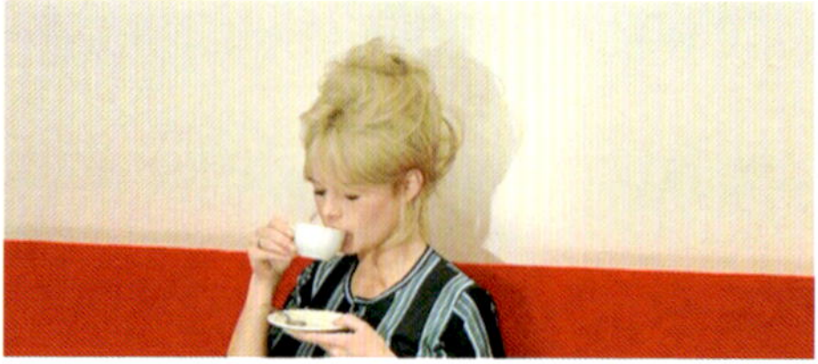

《说吧！爱情》

请欣赏这几帧 让－吕克·戈达尔／藐视

凯特："我怀疑本杰明在外面有情人……"
贝蒂："为什么？"

凯特："你爱你丈夫吗？"
贝蒂："爱太大了，我没法回答你。"

凯特："我翻了他手机，发现没有问题。"
贝蒂："电脑里的邮件有翻吗……"

凯特："总之，爱的问题就像俄罗斯套娃，打开一个，又接着好几个……"
贝蒂："所有的问题都是你自己的问题。"

凯特："对了，你的新小说是关于什么的？"
贝蒂："情感。"
凯特："嗯，就是爱情嘛。"
贝蒂："不，情感不一定是爱情。"

——选自坏品位新小说《Speak Love 说吧，爱情》

"我相信生命，／我相信尚未认识的你，／我相信我自己；／因为终有一天我会成为所有我爱的东西：空气，流水，植物，那个少年。"

——塞尔努达

《诗人之墓》

Under Ben Bulben VI 6
Cast a cold Eye
On Life, on Death
Horseman, pass by !
(In the Seven Woods, 1903)

"对人生,对死亡,给予冷然之一瞥,骑士驰过。"
——WB Yeats 叶芝的墓志铭

《所有疑问句都包含爱 All is Full of Love》

Letter

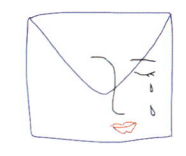

"远在远方的风比远方更远"

"我把远方的远归还草原"

——美好的诗句

建筑师问年轻的学生:"建筑里要有什么?"

学生回答:"人以及光。"

建筑师微笑着说道:"很好,要有光。"

巴黎火车站,一位男生在弹钢琴,后来另一位陌生男子加入了这场演奏,循序渐进,音符从这台候机厅供旅客消遣的钢琴上完美地起舞着,本来枯燥的候机厅变成了有强烈爱与自由磁场的地方,弹奏结束,陌生的旅客们纷纷起身鼓掌,两位陌生的男子握手拥抱……

一个人散步时听的音乐 Bruce Springsteen –"Streets of Philadelphia"

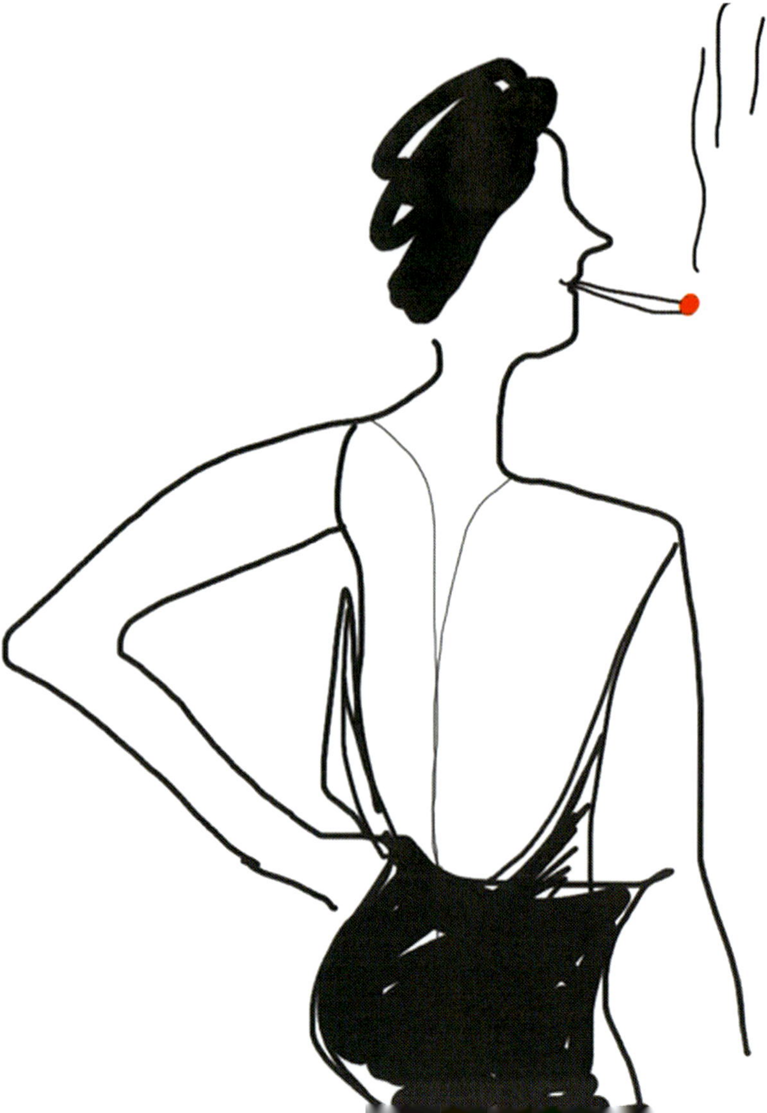

《诗人之死》

顾城，海子……这些在最年轻的时候便结束了自己的生命，永远活在二十几岁身体里的诗人，大概是每个人来到这个世界上的使命不一样，有的人就是注定选择更加常规的，或者说理论上更幸福的：结婚生子，与爱人慢慢变老，虚度年华的生活……而有些人就是选择陷入矛盾之中，不敢陷入任何亲密的关系，却又对它们充满幻想和期待……而另一些人，比如这些诗人，又选择了另一种更陡峭的路，他们的使命是去接触永恒与不朽，当他们抵达了或者说想透了他们自己心中最永恒的那些命题或者说真理，肉身对于他们来说，已不再真正意义上的重要……

> 人想要过得开心，要么让别人认为你蠢，要么直接真蠢。
> ——弗洛伊德

Je m'en fous

《语言 Words》

人时常会因孤独、欲望、误会了爱。

你可以表达自己的关心,但也只限于表达,因为他人要怎样行为,你是拉不住的,人都是自食其果的动物。

把钱花在任何一件事物上,都是可以理解的。只要你是为"喜爱"埋单,每个人觉得重要的东西都不一样,有的人是一件靓衣、一款珠宝、一次愉快的入住体验、一场冒险、一个人……无论怎样都可以,人生中绝妙的体验和经历最重要。

把自己关在房间听一整天这首歌 Spangle Call Lilli Line – "SEA"

Henri de Toulouse-Lautrec

我的大部分教育都是来自电影 这台 Sony 电视给了我太多灵感 。

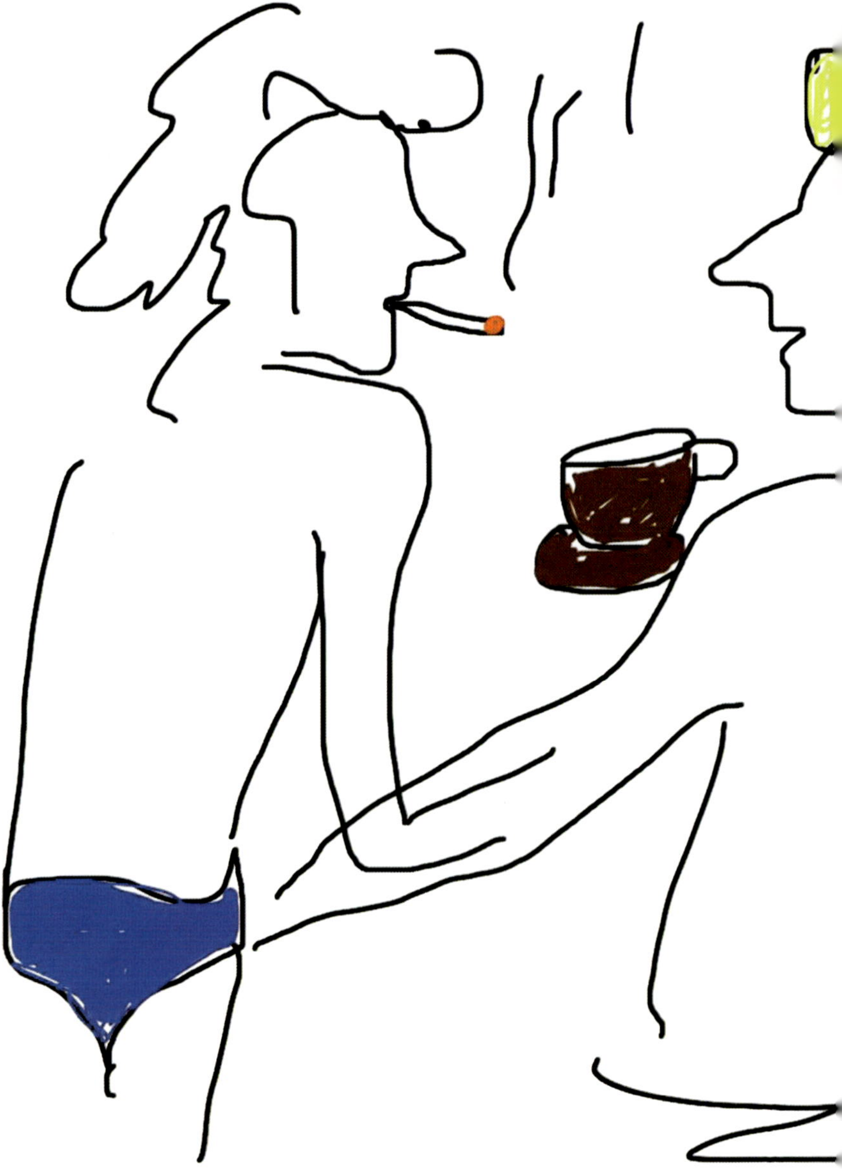

《床上促膝谈人生 Nobody is Perfect》

朱尔斯将酒店小桌上的那盘装有薯片、谷物棒、巧克力的小食盘端到床上时,本说:"这些可是 7 美金的薯片。"朱尔斯说:"拜托!我开了一家有 100 号人的大公司!OK?!让我们尽情享受它们吧!"然后他们聊着各自的问题。出轨的老公、孤独终老……哭成泪人。也就是说,无论你处在什么问题,生活是不会停止给你塞问题的,除了死亡。当然,我们谁也没经历过死亡,所以也没办法从那边回来,描述死亡之后会不会又有新的问题继续塞来……

在怀疑爱人是否出轨时听的音乐——Miles Davis Quintet-
"If I were a bell" 1997-07-01

《这一页纸应该很沉 In Me the Tiger Sniffs the Rose》

In me, past, present, future meet,
于我,过去、现在和未来,
To hold long chiding conference.
商讨聚会 各执一词 纷扰不息。
My lusts usurp the present tense
林林总总的 欲望,掠取着我的现在
And strangle Reason in his seat.
把"理性"扼杀于它的宝座。
My loves leap through the future's fence
我的爱情纷纷越过未来的藩篱
To dance with dream-enfranchised feet.
梦想解放出它们的双脚,舞蹈不停。
In me the cave-man clasps the seer,
于我,穴居人攫取了先知,
And garlanded Apollo goes
佩戴花环的阿波罗神
Chanting to Abraham's deaf ear.
向亚伯拉罕的聋耳唱叹歌吟。
In me the tiger sniffs the rose.
心有猛虎,细嗅蔷薇。
Look in my heart, kind friends, and tremble,
审视我的内心吧,亲爱的朋友,你应战栗,
Since there your elements assemble.
因为那才是你本来的面目。

——英国诗人 西格里夫·萨松

竹筏音乐 / Stephan Micus – "Wings over Water"

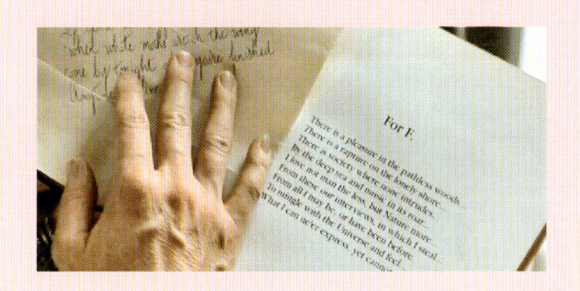

《拜伦的诗 Byron》

There is a pleasure in the pathless woods,

There is a rapture on the lonely shore,

There is society where none intrudes,

By the deep Sea, and music in its roar:

I love not Man the less, but Nature more,

　　　　　　　　　　　　　　—Byron

一

买一块 1.5m x 1.5m 的镜子,然后用颜料在上面画画,看到什么画什么,每天画一点点,如果某天醒来,发现自己的脸被刮伤了,就记录好那个伤疤,把它画下来……作品可以取名为《自画像》。

二

给你的恋人写情诗,如果你们结婚了,就把情诗当婚礼的庆祝词,如果你们分手了,就把这些情诗当悼念文。

三

与每一位情人做完爱后,拍下对方的屁股,一位情人只能拍一张,365天后,将这些屁股照片洗出来,办一次展览,邀请每一位来参观。

四

一群穿着白色连体装的人走上台,
一人模仿另一人的神情与动作,
道具:梯子
艺术家爬上梯子,从高空将深蓝色颜料倒下,
白色连体人继续之前的表演,
艺术家向他们泼其他颜色的颜料,
红色、黄色、绿色、黑色……

"真正认真严肃的态度,是将艺术看作达成更高理想的一种'过程',而为了达成这个理想,或许,必须放弃艺术。"
—— 苏珊·桑塔格《激进意志的样式》

结尾曲 / Nouvelle Vague – "Too Drunk To Fuck"

《虚拟展览 No.2 Idea Art 2》

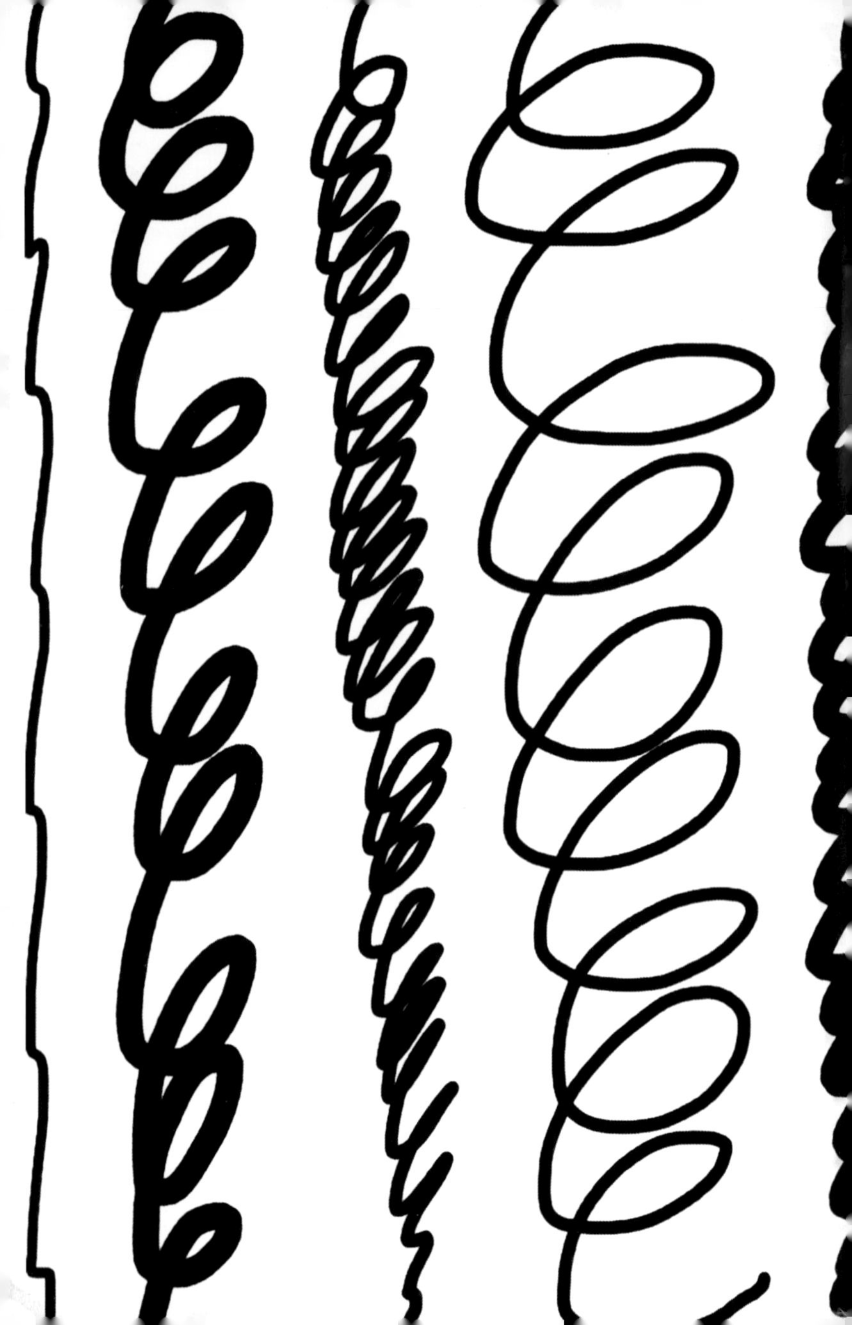

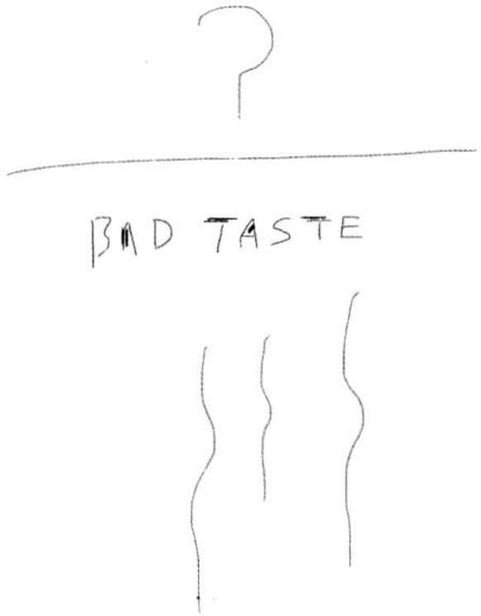

BAD TASTE

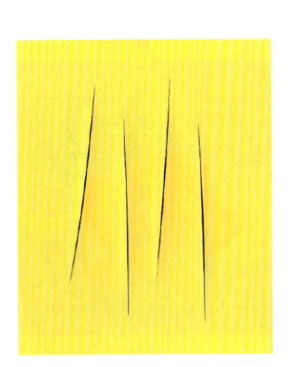

《 艺术品 》

Fontana *Cocetto Spaziale Attese*

藏于蓬皮杜艺术中心

ラース・フォン・トリアー監督最新作
愛なんて、教わっていない。
(Vol.1/ Vol.2)
ニンフォマニアック
NYMPH()MANIAC

《 女性癮者 》

About My Life

STANLEY KUBRICK'S

Lolita

《 洛丽塔 Lolita 》

"我不属于任何俱乐部或团体,我不钓鱼,不烹饪,不跳舞,不吹捧同行,不签名售书,不签署宣言,不酗酒,不上教堂,不做心理治疗,不参加示威游行。"

——纳博科夫

死亡就是你加上这个世界再减去你——卡尔维诺

飞机的坏品位

原名杨昌溢,旅行作家,以其独特的态度陈述和充满诗性的影像,折射出当代年轻人的反思与共鸣。曾游历美国、日本、丹麦、西班牙、土耳其、印度、冰岛等国,著有《香蕉哲学》《薄荷日记》《樱桃之书》《硬糖手册》《犀牛字典》等畅销文集,其自由随性的生活方式,独具一格。

坏品位・书系 全套七本

现已出版：
《香蕉哲学》
《薄荷日记》
《硬糖手册》
《樱桃之书》
《犀牛字典》
《力比多记》

即将出版：
情爱参考／电影随笔／短篇小说／诗集

图书在版编目（CIP）数据

力比多记 / 杨昌溢著 .— 重庆：重庆出版社，2016.7
ISBN 978-7-229-11597-5

Ⅰ.①力… Ⅱ.①杨… Ⅲ.①游记－作品集－中国－当代 Ⅳ.① I267.4

中国版本图书馆 CIP 数据核字（2016）第 225207 号

力比多记
LI BI DUO JI
杨昌溢 著

责 任 编 辑：杨 帆 郭 宜
责 任 校 对：何建云
英 文 校 正：赖大伟
书籍内页设计：Daisy（邹雨初）
整体创意视觉：Bad Taste Studio

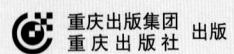

重庆出版集团
重庆出版社 出版

重庆市南岸区南滨路162号1幢 邮政编码：400061 http://www.cqph.com
重庆新金雅迪艺术印刷有限公司印制
重庆出版集团图书发行有限公司发行
E-MAIL:fxchu@cqph.com 邮购电话：023-61520646
重庆出版社天猫旗舰店
cqcbs.tmall.com
全国新华书店经销

开本：787mm×1092mm 1/32 印张：6.125 插页：18
2016 年 9 月第 1 版 2016 年 9 月第 1 次印刷
印数：1-70 000
ISBN 978-7-229-11597-5
定价：49.80 元

如有印装质量问题，请向本集团图书发行有限公司调换：023-61520678

版权所有 侵权必究